오늘,
책방을 닫았습니다

송은정 지음

넘어진 듯
보여도
천천히
걸어가는 중

효형출판

2016년 8월 31일 수요일.

여행책방 일단멈춤이 문을 닫았다.

나는 실패한 것일까.

차례

STOPFORNOW

용기라니 그럴 리가요

시작에 관한 이야기는 늘 어렵다. 때로 어떤 결정은 논리적인
인과관계를 따르는 대신 팡 터지는 폭죽처럼 별안간
일어난다. 책방을 열기로 한 결심 역시 마찬가지였다.
언제 터질지 모를 폭죽에 불을 붙인 건 직장 동료 혜미 씨의
깜짝 발표였다. 가구 디자인을 전공한 그녀는 취재차 만난
또래 프리랜서 디자이너들로부터 적지 않은 자극을 받은
듯했다. 지체 없이 작업실을 구하더니 적성에 맞지 않는
에디터 짓은 관두고 다시 현장으로 돌아갈 계획이란다.
그녀의 주머니 사정이 넉넉하지 않다는 걸 알고 있던
나로서는 그 선택이 놀랍고 대단해 보였다. 순간 머릿속에
섬광이 스쳤다. '어쩌면 나도'라는 설렘은 '어째서 나는'이라는
의심으로 걷잡을 수 없이 번졌다. 언제까지 나는 대안 없는
선택을 반복하게 되는 것일까. 다른 잡지사로 이직하더라도
가혹한 근무 환경과 스트레스, 글에 대한 갈증은 계속될 게

뻔했다. 이직은 더 이상 차선이 될 수 없었다.

대학 생활의 전부였던 학보사 기자를 시작으로 방송국
막내 작가, 인터넷 서점 웹진 관리 아르바이트, 출판 편집자,
매거진 에디터에 이르기까지 나의 20대는 글 주변을 맴도는
시간이었다. 내 글을 쓰고 싶다는 열망 때문이었다. 생계를
유지하며 글쓰기를 지속할 수 있는 가장 근사치의 직업을
찾아 헤매다 보니 어느새 여기까지 왔다. 프리랜서 작가로
활동하고 싶은 마음은 언제나 있었지만 선뜻 회사를 그만둘
엄두가 나지 않았다. 최소한 10년 차 에디터 정도의 이력을
갖춰야 프리랜서 작가 명함을 달 수 있지 않을까. 어디에도
존재하지 않는 기준을 스스로 세우며 결정을 유예했다. 낮은
담장 아래에서 바깥세상을 힐끗 훔쳐보는 일은 더할 나위
없이 안전했고 동시에 적잖은 위안을 주었다.
하물며 회사를 나와 가게를 꾸린다는 건 내가 상상할 수
있는 삶의 범위를 한참 넘어서는 일이었다. 그러다 문득
책으로 둘러싸인 공간만큼 나의 지난 시간을 포용할 수
있는 장소도 없겠다는 생각이 들었다. 그곳에서라면 책을

만들고, 글을 쓰는 작업 모두 실현 가능해 보였다. 회사라는
담장은 넘었지만 안개 낀 도로를 질주할 자신이 없는 나는,
책방이라는 안전망 속에서 미래를 도모해보기로 했다.
허무맹랑한 계획처럼 들린다 해도 어쩌겠는가. 스스로
납득할 수 있다면 그것으로 충분하다. 이것이 얼마나
그럴싸한 계획인지 타인을 설득할 필요는 없다.

한 달 뒤 혜미 씨와 나는 같은 날, 동시에 사직서를 냈다.
회사 대표와 우리 두 사람 사이를 감돌던 그날의 묘한 공기가
아직도 잊히지 않는다. 퇴사 이후 이직이 아닌 독립을 선택한
나를 두고 주변에서는 한결같이 '용기'에 관해 이야기했다.
너의 용기 있는 결정을 응원한다는 격려의 메시지가
끊임없이 쏟아졌다. 물론 그 메시지 속에는 미처 말하지
못한 우려와 안타까움도 담겨 있었을 테다. 모든 걱정거리는
용기라는 멋진 포장지로 적당히 감춰졌다. 그때마다 나는
속으로 항변했다.
'아니, 용기라니 그럴 리가요.'
내가 발휘한 용기란, 결국 스스로 감당할 수 있는 범위 안에서

폴짝 점프한 정도였다. 삶이 한 단계 더 나아가길 기대할 때, 아래에서 위로의 상승이 아니라 오른쪽 혹은 왼쪽의 어딘가여도 괜찮지 않을까. 여기엔 전진도 후퇴도 없다. 높고 먼 방향으로 점프하는 것만이 우리를 더 나은 곳으로 데려가 주지는 않을 것이다.

창업 준비생의 일일

퇴사와 책방 오픈이라는 이단 콤보 소식에도 남자 친구 J는
의연한 반응을 보였다. "네가 원한다면"이라는 짤막한 말로
내 결정을 존중해주기까지 한다. 티를 내진 않았지만 그의
군더더기 없는 격려에 나는 퍽 감동했다. 연애 초기라 아직은
듣기 좋은 말만 골라 하는 것일까. 아니면 바로 그 이유
때문에 적당한 거리를 두고 응원할 수 있는 것일까. 어쩌면
'쟤가 정말 하겠어' 싶은 미심쩍은 반응일지도 모른다. 나야
어느 쪽이든 잔소리를 듣지 않아도 되니 좋다.

퇴사 후 J와 방콕과 제주를 연이어 다녀왔다. 월간지
마감에 쫓기느라 누리지 못한 휴식을 밀린 숙제 풀 듯
해치웠다. 되찾은 일상은 너무도 소중했다. 시간을 들여
근사한 저녁을 준비하고, 친구들을 만났으며, 죄책감 없이
아침잠을 잤다. 평일 오후의 창경궁과 부암동이 믿을 수

없을 만큼 평온하다는 사실도 알게 됐다. 이렇게나 사소한 즐거움을 야근에 뺏겨 놓치고 살았다니. 책방을 열게 된다면 휴가만큼은 아쉽지 않게 챙겨야겠다고 다짐했다.

명랑한 일상은 고작 한 달여 만에 하강 곡선을 그렸다. 슬슬 행동에 나서야 한다는 압박감이 매일 밤 꿈속까지 찾아왔다. 더 이상 책상 앞에 앉아 발만 동동 구를 수만은 없었다. 해방촌에 있는 책방 스토리지북앤필름(이하 스토리지)에서 '리틀 프레스 워크숍' 신청을 받고 있기에 이때다 싶어 15만 원을 입금했다. 창업을 위한 첫 투자였다.

녹사평역에서 내려 마을버스 용산 02번으로 갈아탄 뒤 해방촌오거리 정류장에서 내렸다. 지도 앱의 화살표는 깎아지르는 듯한 내리막으로 나를 태연히 안내했다. 와, 이건 배짱이 아니라 무모한 것 아닌가. 급경사 도로 한가운데 느닷없이 나타난 스토리지를 보자마자 나는 속으로 생각했다.

책방 내부는 SNS에서 곁눈질했던 것보다 훨씬 아담했다. 직사각형의 공간은 다양한 판형의 독립출판물로 물 샐 틈 없이 채워져 있고, 한쪽에서 운영자인 듯한 남자가 홀로

업무를 보는 중이었다. 책에 둘러싸여 '혼자' 일하는 기분은
과연 어떤 느낌일까. 퇴근 5분 전 회의실로 모이라는 상사가
없는 직장, 원하는 때 쉬고 잠시 낮잠에 빠질 수 있는 직장,
야근이 없는 직장, 비품함에는 커피믹스 대신 원두와
핸드드립 세트가 놓인 직장. 이상적인 근무 환경을 그는
마음껏 누리고 있을 것만 같았다.

날이 어두워지자 여덟 명의 수강생이 책방에 속속 도착했다.
대부분 회사원이거나 대학생, 나와 같은 퇴사자 들이다.
워크숍을 신청한 계기는 조금씩 달랐지만 자신의 매체를
만들고 싶다는 바람은 같았다. 지금 당장 혹은 그 언젠가
이루고 싶은 작은 목표의 존재는 일상에 생기를 더해줄
예정이었다. 6주간의 워크숍 첫날은 독립잡지 «록셔리»를
제작하는 현영석 씨의 이야기로 시작됐다.
결론부터 말하자면 «록셔리»로 스타트를 끊은 것은 신의
한 수였다. 그의 재기 넘치는 아이디어와 열의는 이제 막
출발선에 선 초심자들에게 용기를 불어넣었다. 현영석 씨는
자신이 특수 제작한 '까까벨트'를 수강생들에게 선보이기도

했다. (순간 일동 웃음) 음주 보행 시 편하게 안주를 먹을 수
있도록 고안한 기상천외한 발명품으로, 그것의 완성도나
쓸모와 관계없이 나는 벌떡 일어나 그에게 박수를 치고
싶었다. 주성치의 영화처럼 유치하지만 묘하게 감동적이다.
스스로 무언가를 생산하는 행위는 적극적인 의지 없이는
실현되기 어렵고, 그 과정에서 느끼게 될 자괴감은
오롯이 혼자만의 몫으로 남는다. 그것은 오랜 시간 작가를
꿈꾸면서도 여태껏 회사를 떠나지 못한 이유와도 무관하지
않았다.

워크숍이 끝난 뒤 나는 다시 한 번 서가에 진열된 책을
살펴보았다. 늦은 시각이었고 곧장 집으로 돌아갈 수도
있었지만 어쩐지 그러고 싶지 않았다. 무언가 달라졌다.
그것은 아마도 내 태도였을 것이다. 책의 형태와 구성,
이미지에 홀린 이전과 달리 책 속에 숨은 누군가가
궁금해졌다. 나와 같은 보통의 아무개들이 책상에 앉아
이야기를 써 내려가는 뒷모습을 상상했다. 자그마한 책방을
감싸고 있던 단단한 결속의 정체를 이제야 조금은 알 것 같다.

한 뼘 더 넓고 깊어지길

여행과 책은 서로 닮았다. 그 주변을 기웃거리다 보면 언젠가
한 번쯤은 삶의 힌트가 적힌 조약돌을 줍게 될지도 모른다는
점에서. 우연한 발견의 기쁨을 위해 그리고 상상해본 적
없는 세계와 사람들을 만나기 위해 우리는 배낭을 꾸리고,
머리맡에 책 한 권을 놓아둔다. 이만하면 여행과 책의 조합이
꽤 근사하지 않은가. 이것저것 재볼 틈 없이 마음은 이미
여행책방에 대한 기대로 가득 차올랐다.

독립출판물을 판매하는 소규모 책방을 열겠다는 나이브한
아이디어는 철회하기로 했다. 아무리 골똘히 고민해봐도
이 책방만의 개성과 매력이 떠오르지 않아서다. 그러다
여행을 주제로 한 출판물을 다루면 좋겠다는 생각이 스쳤다.
아직 한국에는 여행 전문 서점이 없는 터라 국내 최초라는
타이틀도 덤으로 얻을 수 있다. 프로페셔널한 여행가는
아니지만 세상의 수만 가지 주제 중 가장 즐겁게 대화할 수

있는 분야가 내겐 여행이었다. 불과 1년 전, 체코 프라하에서 상주하는 가이드 면접을 봤을 정도니까.

책방의 밑바탕이 그려지고 나니 이번엔 이름이 발목을 잡았다. 단계마다 고민의 연속이다. 하나씩 떠오를 때마다 적어둔 이름은 며칠 새 노트 한 면을 빼곡히 채웠다. 온갖 명사와 외래어, 합성어가 쏟아졌지만 그중 무엇도 나를 사로잡지 못했다. 어딘가 어설프거나 내 것 같지 않은 이름이다. 읽다 만 시집과 좋아하는 산문집을 들춰봐도 마음이 헛돌기만 했다. 그러다 어느 날 배경음악처럼 틀어둔 라디오에서 문장 하나가 내게 와르르 달려들었다. 전체 맥락은 알지 못한 채 "일단은 멈추시고…" 하고 말하던 디제이의 자상한 목소리만이 귓가에 남았다. 밑줄 그은 문장을 노트에 옮겨 적듯 서둘러 메모지에 갈겨썼다. 적고 보니 꼭 나에게 하는 말 같았다. 지금까지의 나는 어디에 쉼표를 찍어야 할지 몰라 숨이 찰 때까지 무작정 달리는 사람이었다.

후보 네 개를 추려 지인들에게 투표 메시지를 보냈다.

마음속에 이미 답이 정해져 있었지만 다른 이들의 의견도
궁금했다. 규모는 작지만 번듯한 사업인 만큼 객관성을 잃지
않기 위해 노력해야 하지 않겠는가.

프롬, 투(From, to)
트러블러(Troubler)
저스트 세이 헬로(Just say hello)
일단멈춤

투표 결과는 기대를 크게 벗어났다. 내 맘이 꼭 네 맘 같진
않다는 것을 절감한 순간이었다. 지인들은 '프롬, 투'에
호감을 보였다. 여행 콘셉트와 가장 잘 어울리고 친숙한
네이밍이라는 이유였다. 일단멈춤을 만나기 전까진 나 역시
그 이름을 1순위로 여겨왔다. 쭈뼛대던 나는 결국 일단멈춤을
향한 애정을 공개적으로 드러내며 의견을 되물었다.
안타깝게도 긍정적인 반응을 보여준 이는 단 한 명뿐이었다.
차라리 묻지 않는 편이 나을 뻔했다.
고민 끝에 내 직감을 한번 믿어보기로 했다. 책방의 지향점을

이보다 더 잘 표현해줄 이름은 없을 것 같았다. 다소 낯선 이름이지만 그 어색함도 장점이라 우기기로 했다. 하루 한 번씩, 매일매일 부르다 보면 오래된 친구처럼 살가워질 날이 오지 않을까.

일단멈춤은 여행을 주제로 한 종이 매체를 소개/판매하는 소규모 서점입니다. 여행, 그리고 책이 품은 다양한 삶의 방식으로부터 우리 일상의 폭이 한 뼘씩 넓고 깊어지길 기대합니다.

이상형은 어디에

책방 위치를 정하는 일은 생각만큼 녹록지 않았다. 책방
주인이 되기로 결심한 순간보다 훨씬 더 심경이 복잡해졌다.
장소를 물색하기 앞서 두 가지 요건을 세워두었다. 하나는
장소의 의외성이고, 다른 하나는 고정비용의 최소화였다.
'의외의' 장소를 찾아야겠다는 생각이 든 건 대학로 뒤편의
이화마을을 다녀온 뒤였다. 번화한 시내를 가로질러
오르막길을 10분쯤 걸었을까. 미로처럼 얽히고설킨 골목들이
눈앞에 펼쳐졌다. 가파른 계단을 따라 작고 야무진 주택이
다닥다닥 붙어 있는 전형적인 산동네다. 이화마을의
담벼락과 계단은 알록달록한 그림으로 도배되어 있었다.
아니나 다를까 유명 가수가 다녀간 날개 벽화 앞은 인증샷을
남기려는 중국인 관광객과 커플 들로 인산인해다.
사람들을 피해 낙산공원 쪽으로 발길을 옮겼다. 계단 몇
개를 더 올랐을 뿐인데 분위기며 공기가 사뭇 다르다.

퇴근길 정체가 시작된 서울을 배경으로 사람들은 벤치에
앉아 조곤조곤 대화를 나누고 있었다. 나 역시 벤치
하나를 차지하고 앉아 가만히 주변을 바라보았다. 저 혼자
성곽길을 걷는 젊은 여성과 장바구니를 양손에 쥔 아주머니,
뜀박질하는 개를 따라 마지못해 달리는 아저씨의 엉거주춤한
뒷모습을 지켜보는 동안 나는 야릇한 기분에 빠져들었다.
익숙한 풍경에서 느껴지는 미묘한 이질감이 나를 설레게
했다.

인테리어에만 관심이 쏠려 있던 나는 그날 이후 시선을
밖으로 돌렸다. 책방이 자리한 거리의 풍경, 건물의 형태,
오가는 사람들의 표정을 상상해보았다. 책방을 찾아오는
길이 마치 낯선 도시를 방문하는 여정과 같으면 어떨까.
새로 산 책을 손에 쥐고서 주변을 산책할 수 있다면. 그렇게만
된다면 여행책방이라는 이미지를 보다 구체적인 감각으로
경험할 수 있을 텐데. 곧장 이화마을 주변의 부동산을 찾아
나섰지만 소용없는 일이었다. 몇 년째 재개발구역으로
묶여 있는 탓에 상업용 매물이 전무한 상태였다. 다른
데를 알아보라며 내게 조언한 아저씨는 생수통과 소주가

물건의 전부인 손바닥만 한 구멍가게를 부동산 한쪽에 운영
중이었다.

마음에 드는 공간을 발견한다는 건 꿈에 그리던 이상형을
만나 사랑에 빠지는 것과 다름없었다. 조건을 완벽히
충족하는 이가 흔치 않거니와 그렇다 한들 이 사람이 바로
내가 찾던 '그'인지 확신이 들지 않기 때문이다. 내 경우엔
조건에 근접한 사람을 만나는 것부터가 난관이었다.
서울에서 보증금 500만 원으로 들어갈 수 있는 공간은
시설이 몹시 형편없거나 애초에 존재하지 않는 듯했다.
임의로 정해놓은 월세 상한선 50만 원 역시 시세를 모르는
터무니없는 생각이었다. 책방 수입이 충분치 않더라도
어떻게든 충당할 수 있는 현실적인 금액이 내겐 50만
원이었다. 오전 알바를 뛴 뒤 책방으로 출근하는 불상사가
일어나지 않길 바라지만 최악의 상황을 염두에 두어야 했다.
얼마짜리를 찾느냐는 부동산 중개업자의 단도직입적인
질문에 나는 매번 움츠러들었다. 빚을 진 것도 아닌데,
드릴 수 있는 돈이 고작 이것뿐이라 송구하다는 말이 나올

지경이다. 마감에 시달리며 악착같이 모은 500만 원은
코 묻은 돈 취급을 받았다. 물건이 나오는 대로 연락을
주겠다던 수십 명의 공인중개사 중 단 한 명만이 회신을
주었다. 막상 가보니 보증금 1000만 원에 월세 70만 원인 2층
사무실이었다.

집에서 가까운 마포구 성산동을 시작으로 망원동, 연희동,
연남동을 지나 탐색 반경은 종로, 용산까지 점점 넓어졌다.
허탕 치는 날이 잦아질수록 자책의 강도 역시 드세졌다.
회사를 관둔 지 벌써 반년이 지났건만 오픈 준비는 조금도
진전이 없었다. 당당하게 사표를 들이밀던 호기로움이
철딱서니 없는 치기로 둔갑하는 건 한순간이었다.

큰 기대 없이 찾아간 염리동 소금길은 이화마을과 비슷한
점이 많았다. 음산한 골목길을 벽화로 화사하게 꾸며
사람들을 끌어모으는 한편 다른 한쪽은 재개발로 어수선한
분위기다. 나름 신경 써서 칠했을 골목 벽화는 안 하느니만
못해 보였다. 촌스럽고 요란한 벽화만 제외하면 동네
분위기는 정다웠다. 새것보다는 오래된 것이 더 많이 남아

있는 동네였다. 트렌디한 카페와 상점 대신 주민들이
애용하는 마트와 세탁소, 수선집, 목욕탕이 길목을 차지하고
있다. 가쁜 숨을 삼키며 계단 끝까지 오르자 신촌 일대가 훤히
내려다보였다. 낙산공원처럼 낭만적인 전망은 아니었다. 엉킨
전깃줄이 하늘을 가렸고 골목마다 낡은 집들이 퇴적층처럼
쌓여 있었다. 이곳이 내가 알고 있던 서울이 맞나 싶었다.
순간 깨달음을 얻은 사람처럼 나는 '아!' 하고 탄식을 뱉었다.
바로 이 사람이구나!

동행한 공인중개사가 오랫동안 잠겨 있던 문을
열어젖히자마자 나는 마음의 결정을 내려야 할 시기가
왔음을 직감했다. 텅 빈 공간은 늦가을의 붉은 노을빛으로
뒤덮여 있었다. 다각형에 가까운 독특한 바닥과 벽 두
면을 감싼 동창이 마음에 늘었다. 게다가 다세대주택뿐인
동네라 한적하면서도 이대역까지 5분도 채 걸리지 않는
역세권이었다. 가슴이 쿵쾅쿵쾅 뛰기 시작했다. 지금
놓치면 영영 만나지 못할 것만 같은 불안함이 뒤섞인
두근거림이었다. 애써 태연한 척 보증금과 월세를

물어보았다.

"천에 사십입니다."

가능도 불가능도 아닌 애매한 금액이었다.

"그런데…."

허리춤에 손을 얹으며 공인중개사가 입을 열었다. 어쩌면
보증금을 절반으로 깎을 수도 있다는 이야기였다. 그날 밤
퇴근하는 J를 염리동으로 불러들였다. 내 직감이 옳은지
확인받기 위해서였지만 나도 모르게 이 공간의 좋은
점을 앞장서서 읊어댔다. 그리고 그 주 토요일, 계약서에
서명을 했다. 주인 할아버지는 보증금을 절반으로 흔쾌히
내려주었다. 돌이킬 수 없는 짓을 저질렀다는 뜨악함과
마침내 공간을 마련했다는 개운함이 동시에 밀려왔다.
두 개의 마음이 앞다투는 바람에 지금 이 감정이 설렘인지
두려움인지 분간되지 않았다. 아무래도 내일 눈을 뜨고 난
뒤에야 상황이 파악될 것 같다.

만화방 말고 서점

"여긴 뭐가 생기나?"

"서점요. 책 팔 거예요."

천장을 칠하느라 사다리에 올라타 있던 나는 고개를 뒤로

돌리며 아주머니에게 답했다.

"아, 만화방?"

셀프 인테리어를 한답시고 젊은 아가씨가 매일 혼자 부산을

떨고 있어서인지, 대부분은 지나치지 못하고 말을 걸기

일쑤다. 책을 팔 것이라는 대답은 동네 어른들에게 이해할 수

없는 농담처럼 전해진 듯했다. 그들에게 서점이라는 단어는

만화책 대여점으로 해석됐고, 그때마다 나는 서점이라 재차

말했다. 그러고 나면 요즘 누가 이런 곳에서 책을 사서 보냐는

핀잔이 어김없이 돌아온다.

그러게요, 하하. 나는 속없는 사람처럼 웃고 만다.

서점의 스펙

틈틈이 정리해놓은 출판사 목록을 펼쳐 보았다. 여행서 출간
이력이 있는 곳들만 대강 추렸는데도 80여 군데가 훌쩍
넘는다. 우선은 직거래가 가능한지 문의해볼 생각이었다.
도매상인 총판과 계약하면 일사천리로 해결될 문제지만
출판사와 직거래를 트면 조금이라도 저렴하게 책을 들일 수
있다. 이 기회를 통해 출판사 관계자들에게 눈도장을 찍는
것도 나쁘지 않을 듯했다.
호기로움도 잠시, 수화기를 들기도 전에 손바닥은 이미
땀으로 흥건했다. 부탁하는 입장이라 그런지 지레 위축됐다.
이렇게 다짜고짜 영업팀에 전화를 거는 게 실례는 아닌지도
걱정스러웠다. 지금부터 차근차근 연락을 돌려야 오픈
전까지 책을 받을 수 있을 테니 더 이상 미룰 수만은 없다.

"안녕하세요, 오픈을 준비하고 있는 여행책방

일단멈춤입니다."

"네? 어디시라고요?"

"일단멈춤요. 여행서를 판매하는 서점입니다."

"네?"

용건을 꺼내기도 전에 듣도 보도 못한 책방의 존재를
정확하게 설명하는 일부터가 난제였다. 일단멈춤이라는
이름을 전해 들은 상대의 어리둥절한 얼굴이 눈에 훤했다.
책방의 콘셉트와 오픈 예정일을 거듭 설명하고 나서야
조심스럽게 직거래 가능 여부를 확인할 수 있었다.
이 과정을 반복하길 수차례. 그때마다 돌아오는 답변은
"총판을 이용하라"였다. 실망했지만 어느 정도 예상한
반응이었다. 전국에 흩어져 있는 수백 개의 서점과 일일이
거래할 수 없는 출판사의 사정을 생각하면 이해 못 할 일도
아니다. 그렇게 사흘쯤 연락을 돌려본 뒤 직거래 문의는 더
이상 하지 않기로 했다. 통화를 하면 할수록 준비 중인 책방이
보잘것없게 느껴진 데다 상대의 무관심한 말투와 냉대를
견디기 힘들었다. 오해일 수 있다. 하지만 상대의 반응이야

어찌 됐든 나의 약한 맷집이 이를 견디지 못했다.

총판과의 계약은 순조롭게 진행됐다. 전화 한 통에 곧장
미팅이 잡혔다. 부장 직책을 단 총판 담당자는 에두르는 법
없이 책방의 '스펙'을 묻기 시작했다. 평수, 예상하는 책의
종수, 위치, 지하철 유무 등. 그제서야 지금껏 별 탈 없이 총판
계약이 진행된 이유를 깨달았다. 그는 중형 서점을 예상하고
미팅에 나온 듯했다. 100평 남짓의 넓은 공간, 대로변에
인접한 역세권 등 담당자의 입에서 흘러나온 서점의
스펙은 일단멈춤과 거리가 멀었다. 기준 미달의 형편없는
자기소개서를 제출한 사람이 된 것 같아 식은땀이 났다.
나를 차마 내치지 못한 담당자는 프로다운 자세를 잃지
않으며 소규모 책방에 맞는 거래 방식을 제안했다. B2B
웹사이트를 통해 마음에 드는 옷을 고르듯 원하는 책을
장바구니에 담아 주문하는 것이다. 책방 이름으로 된
가상 계좌에 예치금을 넣어두면 결제액이 자동으로
차감되는 시스템이다. 출판사 직거래보다는 도서 공급률이
5~10퍼센트 정도 높았지만 한 권씩 낱개 주문을 할 수

있다는 게 장점이었다.

며칠 뒤 총판의 B2B 웹사이트에 접속해 희망 도서를 장바구니에 하나씩 담아보았다. 당장 내 것이 되는 것도 아닌데 책을 고르는 재미가 꽤 쏠쏠하다. 주문 금액은 순식간에 몇 백만 원을 훌쩍 넘겼다. 번뜩 정신이 들면서 책이 더 이상 '책'으로만 보이지 않았다. 제때 팔지 못하면 고스란히 빚으로 남는 마음의 짐. 우선순위를 따져가며 삭제, 삭제, 삭제 버튼을 계속해서 클릭했다.

서가를 채우기도 전에 버리는 일이 먼저가 될 줄이야.

조용한 시작

2014년 11월 29일 마지막 주 토요일.
여행책방 일단멈춤이 문을 열었다.

특별한 오픈 파티나 이벤트는 따로 준비하지 않았다. 다만
평소보다 조금 더 일찍 일어났을 뿐이다. 책방에 인격이
있었다면 이 무심한 시작이 서운했을지도 모른다. 으스러질
것 같은 몸을 이끌고 J와 함께 첫 출근길에 나섰다.

18,330원어치의 하루

날씨는 더할 나위 없이 맑았다. 사선으로 깊이 들어오는 볕
덕분에 아직 페인트 냄새가 채 가시지 않은 책방도 덩달아
화사해 보인다. 칠하느라 내내 애먹었던 알루미늄 문틀의
푸른색이 보기 좋게 빛났다.

전날 밤 간신히 정리를 끝낸 탓에 손님 맞을 자세를 갖춘
책방을 보는 건 오늘이 처음이었다. 천천히 고개를 돌려 안을
둘러보았다. 살림살이라고는 벽에 설치한 2미터 너비의 다섯
칸짜리 찬넬 선반과 매대용 원목 테이블, 이케아 3단 선반장,
스툴 네 개, 업무용 책상이 전부. 단출한 구색이지만 무엇
하나 내 손을 거치지 않은 것이 없다.

공간을 계약한 지 불과 30일 만에 부랴부랴 책방을 열었다.
부동산 투어를 뛰고, 도서 목록을 짜고, 인테리어 자재를
사러 을지로 일대를 샅샅이 뒤지고 다닌 시간을 포함하면
6개월 가까이 걸린 셈이지만 제대로 이 일에 뛰어든 건 임대

계약서에 도장을 찍은 직후였다. 월세 압박도 부담스러웠고 성에 찰 때까지 준비만 하다간 영영 시작도 못 할 것 같았다. 매일 텅 빈 공간에 혼자 나와 작업하는 건 생각보다 훨씬 외로운 일이었다. 적막을 감추기 위해 틀어둔 라디오의 재밌는 사연에도 시원하게 웃음이 터지지 않았다. 때로는 7.5평의 좁은 공간이 망망대해처럼 아득하게 느껴졌다. 제때 책방을 오픈할 수 있을까, 연다 한들 사람들이 오기는 할까, 월세는 낼 수 있을까. 온종일 나와의 대화를 주고받다 보면 엄청난 감정 소모가 뒤따랐다. 처음부터 완벽할 순 없다던 선배 책방지기들의 조언은 그때마다 큰 힘이 됐다.

개업 시루떡은 이대역 근처에서 급히 사 왔다. 1층을 나눠 쓰는 옆집 미용실과 위층에 사는 주인집, 건너편 이웃집에 떡을 돌리며 잘 부탁한다 인사드렸다. 하루 한 번씩 고개를 빼꼼 들이밀며 진행 상황을 묻던 이웃 아주머니들은 정작 책방을 오픈하고 나자 한 발짝 뒤로 물러선 채 지켜보는 눈치였다.
인스타그램에 올린 오픈 공지에는 축하 댓글이 달려 있었다.

책방을 열기 전부터 SNS를 운영해야 한다는 조언에 냉큼
계정부터 개설했는데 그새 300명 정도 팔로워가 늘었다.
생소한 염리동 골목과 책방 준비 과정을 올린 게 효과를 본
듯했다. 아직 간판도 달지 않은 일단멈춤의 시작을 응원하고
기다려준 사람들의 정체가 궁금했다. 이름도 얼굴도
모르는 누군가가 스스럼없이 격려의 메시지를 남겨준 것이
그저 놀라웠다. 신비한 일이 아닐 수 없다.(온라인상에서
'좋아요'를 누르는 마음과 시간을 내 책방을 찾는 행동이
별개의 문제라는 사실을 깨닫는 데는 그리 긴 시간이 걸리지
않았다.)

이러다 하루 종일 나와 J 두 사람만 덜렁 앉아 있다 돌아가면
어쩌나 싶을 즈음 마침내 첫 손님이 등장했다. 알고 보니
독립출판물을 입고하러 온 제작자였다. 이미 여러 차례
이메일을 주고받은 사이지만 막상 얼굴을 맞대고 대화하려니
영 쑥스러웠다. 저자에게 직접 책을 건네받는 상황도
익숙지 않았다. 책에 대해 칭찬하자니 너무 호들갑스럽고,
간단히 인사만 건네자니 머쓱했다. 인턴으로 첫 출근한 날,

긴장한 나머지 제대로 급체했던 스물셋의 나로 다시 돌아간
기분이다. 얼굴 표정, 동작 하나하나 모두 서툴다. 그럼에도
제작자와 일대일로 만나는 경험은 신선한 자극이었다.
가상의 목소리로 존재했던 텍스트에 글쓴이의 목소리, 눈빛,
미소가 덧입혀지고 나자 같은 책도 달리 보였다.
그 뒤로도 독립출판물 제작자 서넛이 입고 겸 책방을
방문했다. 서로의 책과 공간을 칭찬하며 덕담을 주고받는
동안 하루가 소리 없이 저물었다. 오직 책 구입을 목적으로
온 손님이 없는 와중에도 매상을 올렸다는 사실이 심심한
위로가 됐다.

『러브 앤 프리』, 다카하시 아유무
『배를 놓치고, 기차에서 내리다』, 이화열
『여행 가이드북 거꾸로 읽기』, 뱅상 누아유
『트루 포틀랜드』, BRIDGE LAB

네 권의 책과 두 권의 노트, 엽서 두 장과 포스터 한 장을
판매했다. 사정상 한 권씩만 들여놓은 단행본은 판매와

동시에 재고 0권이 됐다. 총 판매액은 67,900원. 도서 공급률과 입고 수수료를 감안하면 순이익은 18,330원. 오늘 하루 치의 노동 시간과 수고와는 아무런 상관관계가 없는 액수 18,330원은 무엇을 의미하는 것일까. 그 달의 성과와 무관하게 성실히 입금되던 월급이 잠시 떠올랐다. 고개를 절레절레 저으며 머릿속을 부유하는 고민들을 쓸어 모아 한쪽 구석에 슬며시 밀어두었다. 우선은 퇴근길 편의점에 들러 J를 위한 수입 맥주 한 캔과 하겐다즈 아이스크림 파인트를 사야겠다. 오늘 밤엔 하고 싶은 이야기가 많을 것 같다.

현금도 괜찮습니까

스마트폰에 연결해 사용하는 휴대용 카드 단말기를 구입했다.
POS 기기, 무선 카드 단말기와 달리 별다른 약정 조건이
없는 데다 기곗값도 5만 원 안팎이라 부담이 없다. 수백 종에
이르는 재고를 관리해야 한다면 POS 기기가 유용하겠지만
일단멈춤 규모에서는 이 정도가 딱 적당하다.
그런데 생각지도 못한 문제가 생겼다. 카드사의 가맹점
승인이 일주일 뒤에 떨어진다는 것이다. 여유를 두고
준비했어야 하는데 오픈 직전에서야 그 사실을 알게 됐다.
초보 소상공인을 위한 창업 매뉴얼이 간절해진다. 지금은
그저 닥치고 나서야 '아!' 하고 탄식하는 수밖에.

다음 주까지는 현금 결제만 가능합니다. 죄송합니다.
손글씨로 쓴 안내문을 계산대 앞에 붙여놓았다. 사실 큰
걱정은 없었다. 경험치가 없으니 우려와 기대는 늘 뒷일이다.

하지만 현실은 그리 만만치 않았다. 카드 결제 때문에 곤란을
겪는 상황이 수시로 반복됐다. 더욱 당혹스러운 건 주인인
나보다 더 안타까워하는 손님들의 표정이었다. "아휴, 현금을
들고 왔어야 하는데 제가 깜빡했네요"라든가 심지어는
"근처에 현금인출기가 있나요? 금방 다녀올게요" 하고 나를
배려해주기까지 한다. 어쩔 수 없다며 빈손으로 돌아가는
이는 손에 꼽을 정도였다.
나름의 기대를 품고 책방에 온 것일 텐데 헛걸음한 기억만을
남기고 싶지 않았다. 잠깐의 고민 끝에 우선은 책을 가져가고
돈은 입금해주길 부탁했다. 메모지에 이름과 계좌 번호,
연락처를 적어 건네자 이번엔 상대가 당황한 기색을 보였다.
뭘 믿고 덥석 책부터 주냐며 농담 섞인 타박을 듣기도 했다.
괜찮다며 내가 고집을 피우니 손님들도 그제서야 고맙다며
책을 받아 든다. 오히려 고마운 사람은 나였다.

무슨 배짱으로 책부터 들려 보낸 것일까. 깊게 생각하고 내린
결정은 아니었다. 그래도 괜찮겠지 하는 막연한 느낌을 따른
것인데 운 좋게도 아직까지는 그 느낌에 배신당하지 않았다.

책값은 통장으로 매번 돌아왔다. 책을 좋아하는 사람은 어딘가 확실히 다르구나. 그렇게 기분 좋은 오해를 가져도 괜찮지 않을까.

카드 단말기를 사용할 수 있게 된 뒤에도 간혹 송금을 부탁해야 하는 상황이 생겼다. 가게 전화번호를 등록하지 않았다는 이유로 삼성카드와 현대카드의 가맹점 승인이 막힌 것이다. 하필이면 삼성과 현대라니. 본의 아니게 대기업 불매 운동이라도 하는 듯한 미묘한 모양새가 되어버렸다. 굳이 까닭을 되묻는 손님들에게 사정을 설명해보지만 나를 바라보는 눈빛은 여전히 수상하다. 억울할 건 없지만 어쩐지 찝찝하다.

다른 이유는 없답니다. 그저 일반 전화가 없을 뿐이에요.

우리가 좋아하는 것은

'흰 벽을 빌려드립니다'라는 제목으로 SNS에 공지를 올렸다.
책방의 빈 벽면, 말하자면 전시 공간을 대여한다는 요지의
글이었다. 주제와 장르는 자유롭게 열어놓았다. 걱정 반
기대 반으로 시작한 흰 벽 프로젝트는 기대보다 좋은 반응을
얻었다. 댓글과 메시지를 통해 전시 문의가 이어졌고 불과
이틀 만에 네 팀의 전시 일정이 잡혔다.
첫 전시팀은 엉겁결에 결정됐다. 여행 엽서 세트를 입고하기
위해 책방을 찾은 대학생 연주 씨, 그녀의 친구 금강 씨와
이야기를 나누다 자연스럽게 사진전까지 대화가 이어졌다.
이제 막 인사를 나눈 사이인데도 두 사람만 좋다면 나는
선뜻 흰 벽을 내어주고 싶었다. 책과 서점을 좋아하는 이들의
애틋한 시선에 마음이 동하고 만 것이다.
며칠 뒤 연주 씨가 메일로 '우리가 좋아하는 것은'이라는
전시 주제를 알려왔다. 먼저 부탁한 것도 아닌데 여행책방

분위기에 맞춰 어울리는 사진으로 준비했단다. 마음
씀씀이가 깊다.

전시 설명글 아래에는 기대와 설렘이 담긴 연주 씨의 긴
메시지가 쓰여 있었다. 읽는 내내 무언가 가슴을 콕콕 찌르는
듯했다. 내 제안에 기꺼이 화답해준 두 사람에 대한 고마움과
동시에 누군가에겐 일단멈춤이 생애 '첫' 시도의 장소가 될 수
있다는 사실이 기뻤다. 어쩌면 내가 상상한 것 이상의 쓸모를
책방이 품고 있을 것이라 생각하자 별안간 기운이 났다. 귀한
씨앗 하나를 얻은 기분이다.
전시는 12월 말부터 1월 초까지 열기로 했다. 그래픽
디자이너라는 이유로 책방 로고와 홍보 엽서 제작 등을
도맡아온 J가 온라인용 포스터를 만들어주었다. 첫 전시
일정을 알리는 소식을 SNS에 올리며 나는 한 문장을
덧붙였다.

올해 남은 며칠은 우리가 좋아하는 것들만 생각하기로 해요.

여행을 좋아합니다.

여행을 하며 사진을 찍습니다.

그 안에는 좋아하는 것들이 담겨 있습니다.

좋아하는 것은 곧 그 사람을 나타낸다고 생각합니다.

우리가 좋아하는 것은.

우리가 좋아하는 것은

중국집 배달원과 생텍쥐페리

창 너머로 오토바이 소리가 가깝게 들려왔다. 매일 만나는
우체국 택배 아저씨인가 싶어 고개를 돌렸더니 웬 중국집
배달원이 책방 앞에 주차 중이다. 불법 주차 문제로 속앓이를
하던 터라 절로 미간이 찌푸려졌다. 한마디 해야겠다 싶어
밖을 나서려는데 그가 먼저 책방으로 성큼 들어섰다. 내가
멈칫한 사이 배달원은 얼굴을 반쯤 가린 마스크를 벗으며
입을 열었다.

"읽을 만한 책 좀 추천해주세요. 여기 서점 맞죠?"

"아… 맞긴 한데…."

그제서야 상황 파악이 된 나는 이곳이 서점은 맞지만
여행서만 판매하는 곳이라 설명했다. 그는 별다른 대꾸 없이
제자리에 선 채 고개를 좌우로 옮기며 서가를 훑더니 어서
책을 추천해달라며 나를 재촉했다. 배달한 그릇을 찾으러
온 길에 잠시 들른 것이라 어서 돌아가야 한단다. 평소라면

이런저런 질문을 던지며 대화를 이어갔을 텐데 무슨
이유인지 입이 떨어지지 않았다.

"이 책은 어때요?"

테이블 위에 놓여 있던 개나리색 표지의 책을 그가 집어
들었다. 생텍쥐페리의 『인간의 대지』였다.

"『어린왕자』를 쓴 작가의 책이에요. 사막에 추락한 작가의
실화가 담긴 산문집인데…."

말이 끝나기도 전에 그는 책을 사겠다며 곧장 계산을
부탁했다. 바람처럼 등장해 바람처럼 사라진 그를 뒤로한
채 나는 혼자서 얼굴이 새빨개졌다. 뒤늦은 부끄러움이
발끝부터 정수리까지 뻗쳤다. 그가 책방 앞에 오토바이를
세우는 순간부터 안으로 들어와 말을 붙이기 전까지 나는,
중국집 배달원이 책을 살 거라 생각하지 않았다. 오히려
경계하는 마음이 더 컸다.

2주 뒤 배달원을 책방에서 재회했다. 염리동에 그릇을
회수하러 온 그는 지난번처럼 서둘러 책 추천을 요청했다.
이번에는 당황한 기색 없이 독립출판물부터 일반 단행본까지

다양한 장르의 책을 펼쳐 보였다. 그는 흑백과 컬러로 각각
촬영된 『holi DAY』『holi NIGHT』 여행 사진집 시리즈에
관심을 보이며 잠시 고민하더니 결국 두 권을 모두 구매했다.
또 와줘서 고맙다는 말은 미처 하지 못했다. 이럴 땐 내가 좀
더 뻔뻔한 성격의 사람이라면 좋을 텐데.

지극히 개인적인 충고

온라인 매체 북파인더와의 인터뷰는 다소 독특했다. 책방에
녹음 장비를 설치한 뒤 대화를 나누는 식이다. 찾아가는
팟캐스트랄까. 평소처럼 편안하게 질문에 답하면 될 거라는
생각은 오산이었다. 묵직한 헤드폰을 머리에 씌우자 목에
절로 힘이 들어갔다. 바짝 쫄아 있었던 모양인지 결국엔
목소리를 좀 더 크게 내달라는 주문을 받았다.

좋아하는 여행서의 구절을 낭독하는 것으로 녹음은
시작됐다. 니코스 카잔차키스의 『그리스인 조르바』나
잭 케루악의 『길 위에서』 같은 고전을 골라야 할 것
같았지만, 내 취향대로 소설가 배수아가 쓴 『잠자는 남자와
일주일을』의 한 문단을 읽기로 했다. 정확히는 그 대목 역시
조르주 페렉의 『잠자는 남자』에서 인용한 것이다. 여행의
단상을 그는 이렇게 표현했다.

그 무엇도 원하지 않기

거리에 휩쓸리게끔 너 자신을 방치하기

네 시간을 허비하기

눈으로만 읽던 텍스트를 소리 내어 읽으니 가슴이 사뭇
두근거렸다. 마치 여행에 관한 나의 숨겨둔 결심을 사람들
앞에서 선언하는 기분이다.

무슨 말을 했는지 기억나지 않을 만큼 녹음은 정신없이
진행됐다. 간신히 당도한 마지막 질문은 책방을 준비하는
사람들에게 해주고 싶은 조언이었다. 순간 말문이 턱 막혔다.
살면서 주의해야 할 행동 중 하나가 훈수 두기 아니던가.
더군다나 책방을 시작한 지 1년도 채 되지 않은 시점이라
조심스러운 마음이 앞섰다. 책방을 열기 위해 갖춰야 할
요건이란 게 달리 정해져 있는 것도 아니다. 한편으론 해주고
싶은 말이 너무 많은 것도 문제였다. 쉴 새 없이 소리를
흡수하던 마이크 앞이 불현듯 조용해졌다.

편집하면 되니 천천히 생각해보라는 진행자의 말에 나는
눈치도 없이 정말로 고심하기 시작했다. 그렇게 한참,

아주 한참을 뜸 들인 끝에 겨우 뱉은 한마디란 "책을 정말 좋아해야 할 것 같아요"였다.

아, 망했다….
스스로도 확신이 없는 듯한 답변에 온몸이 훅 달아올랐다.
하나 마나 한 소리를 충고랍시고 하다니.
불안정한 수입에도 반년은 버틸 수 있을 통장 잔고와
일희일비하지 않는 침착함도 중요하지만, 나는 지금 당장
눈앞에 산적해 있는 책에 대해 말하고 싶었다. 자신이 애정해
마지않던 책이 처치 곤란한 짐으로 뒤바뀔지 모를 언젠가를
나는 늘 상상해왔다.
서점의 모든 책은 재고가 된다. 자신의 가게를 운영한다는
마음의 부담보다 더욱 무거운 건 실재하는 책의 무게였다.
이는 애서가가 누리는 장서의 즐거움과는 전혀 다르다. 책방
주인이라면 쌓여가는 책들에 모종의 책임감을 느낄 수밖에
없다. 일단멈춤에서 판매하는 단행본은 80퍼센트 이상이
현금 매입을 통해 입고됐다. 책이 팔리지 않으면 바닥난
잔고는 물론이고 재고까지 고스란히 떠안아야 한다. 결국

책을 주문할 때마다 잘 팔릴 것 같은 베스트셀러 목록에
눈길이 갔다.

종종 스스로에게 묻곤 했다. 최후의 순간까지 제 주인을
만나지 못한 책들이 비좁은 내 방 책장으로 옮겨지는
상황에서도 겸허히 웃을 수 있을까. 아직까지 대답은 예스다.
그렇지 않았다면 나는 매출이 보장되는 책을 일단멈춤에
들여놓는 데 골몰했을 것이다. 판매가 저조할 게 눈에 선한
책들을 내 욕심껏 사들일 수 있었던 것 역시 함께 집으로
돌아갈 마음의 준비를 다진 덕분이었다.

물론 그런 불행한 사태는 일어나지 않는 편이 좋겠지만.

안녕, 대경설비

지난밤 책방에 비가 샜다. 저녁부터 무서운 기세로 쏟아지던 빗줄기가 문 틈새로 스며든 것이다. 습도의 변화에도 형태가 뒤틀리는 게 책의 물성이다. 장마철 물난리 수준은 아니었지만, 책이 자산인 서점에 빗물이 들이쳤다는 사실만으로도 마음이 심란해졌다. 급한 대로 머그잔을 모조리 꺼내 물이 떨어지는 자리마다 놓고 마른 걸레를 깔아두었다.

지난 10년간의 자취 경험을 통해 깨달은 사실 하나가 있다면 대한민국 땅에 마음씨 좋은 집주인이란 존재하지 않는다는 것이다. 문제는 분명 건물에 있건만 어떤 생떼를 듣게 될지 몰라 지레 조바심이 났다. 마음을 졸인 채 주인 할아버지에게 전화를 걸었다.

"우리 건물에서 장사를 하는데 비가 새도록 놔둘 순 없지!"
예상과 달리 주인 할아버지는 흔쾌히 수리를 약속했다.

직접 찾아와 지팡이로 문제의 지점을 가리키며 확인 작업을
하시더니 나가는 길엔 만약을 위한 '빨간 다라이'를 내 손에
쥐여주기까지 한다. 썩 위로가 되진 않았다.

평소처럼 출근한 책방 앞에는 커다란 크레인이 길을
가로막고 있었다. 아침 일찍부터 방수 공사에 들어갔다고
한다. 미리 소식을 듣지 못한 건 당황스러웠지만 수리 현장을
눈으로 보니 안심이 됐다. 건물 전체를 흰색 방수 페인트로
마감해 외관이 말끔해진 것도 마음에 들었다. 주인 할머니와
옆집 미용실 아주머니도 달가워하는 눈치다.
"재개발도 풀렸으니 이젠 건물도 멋지게 가꿔야 해. 책방도
인테리어에 신경 좀 쓰고, 알지?"
조화와 생화를 적절히 섞어 가게 앞을 꾸미는 미용실
아주머니의 말씀에 픽 웃음이 났다. 그러면서 책방과
미용실을 번갈아 보는데 무언가 허전한 느낌이 든다. 아,
간판! 그제서야 책방 출입문 위에 걸려 있던 대경설비 간판이
사라진 걸 알아차렸다. 15년 전부터 저 자리에 있었다던
대경설비의 거대한 간판은 방수 공사와 함께 이미 철거된

상태였다. 이것이야말로 마른하늘에 날벼락이다. 제 간판도
없이 옛날 것을 달고 장사하는 내가 안쓰러웠던 주인
할아버지의 말 없는 배려에 차마 화를 낼 순 없었다.

오픈 직전까지 간판 철거 여부를 두고 왈가왈부했던 기억이
떠올랐다. 사실 고민의 여지가 없는 문제였다. 옛 간판을
떼어내고 그 자리에 새 간판을 거는 것이 상식적인 선택이다.
더군다나 대경설비 간판은 빈티지한 멋은커녕 낡아빠진 고철
덩어리에 가까웠다. 덩치는 또 얼마나 큰지 당시 대경설비
주인의 담대한 포부를 짐작게 할 정도였다. 고민 끝에 지난
15년의 세월과 공존하기로 마음먹은 건 일단멈춤 역시
그 세월의 일부라는 생각 때문이었다. 상징적인 의미로
남겨두었던 간판은 의외로 제 역할을 톡톡히 해냈다. 건물의
정면과 측면에 걸려 있는 덕분에 길 잃은 손님들의 이정표가
되어준 것이다. 아무리 허름해도 간판은 역시 간판이었다.
철거된 간판은 밑동이 잘린 나무처럼 길바닥에 쓰러져
있었다. 싱숭생숭한 마음을 어쩌지 못한 채 최후의 모습을
사진으로나마 담아두었다. 그래도 마지막 순간까지 자신의
임무를 다하고 갔으니 나쁘지 않은 일생이지 않았을까.

5일간의 공백

오키나와에서 첫 휴가를 난 뒤 책방으로 복귀했다. 고작 5일
만인데도 눈앞의 사물이며 풍경이 새삼스럽다.

자리를 비운 사이 고맙게도 세 친구가 돌아가며 책방을
맡아주었다. 대학 후배를 제외하면 두 사람은 일단멈춤을
시작한 뒤 알게 된 인연이다. 친구의 소개로 방문했다가
단골손님이 된 주언과 첫 전시의 주인공 금강. 나와는 다른
결을 지닌 친구들이 만들어갈 책방의 분위기가 궁금하면서도
내심 긴장됐다. 생각보다 손님은 뜸하고, 매출은 지지부진에,
미처 청소하지 못한 선반 먼지에 깜짝 놀라면 어쩌나 싶다.
부디 유쾌한 기억만 안고 가길 바라지만 현실이 뜻대로
따라줄 리 없다. 책방의 시시콜콜한 일상이 친구들에게 작은
활력소가 되길 기대할 뿐.

세 친구가 머물다 간 책방에서는 미세한 변화가 느껴졌다.
가장 먼저 눈에 띈 건 새로운 책들이다. 건축가 고故 정기용

선생이 쓴 『서울 이야기』, 도쿄를 산책하는 두 남자가 주인공인 소설 『텐텐』, 걷기에 대한 인문학적 고찰을 담은 『걷기 예찬』, 그리고 내가 손님들에게 자주 추천하는 책인 정수복 선생의 『파리를 생각한다』. 알고 보니 금강이 '걷기 좋은 계절'이라는 주제 아래 입고한 도서였다. 한눈에 보아도 4월과 잘 어울린다. 만약 나라면 어떤 책을 놓았을까. 누구와 만나느냐에 따라 시시각각 달라지는 책장의 운명이 흥미로웠다.

두 번째 발견은 책상 위에 놓인 갈색 노트. 두고 간 물건인가 싶어 가까이서 보았더니 표지 한가운데 생각지 못한 문구가 적혀 있다. '책방 일지 2015.4.14.~4.18.' 우연히 첫눈을 맞이한 순간처럼 가슴이 뭉클했다.

2015년 4월 15일

주언

오후 1시쯤엔 종소리를 울리며 두부 장수 아저씨가 동네를
돌아다니시네요.

-

첫 손님. 너~무 졸려서 잠시 엎드린 채 깜빡 잠이 들었는데 문
여는 소리에 화들짝 놀라 일어났어요.

언니는 졸리면 어떻게 해요?

2015년 4월 16일

주언

구질구질 날이 흐리더니 책방 오는 길에 비가 쏟아졌어요.
책방 도착하고 문을 여니 12시 7분. 어두워서 조명을 다
켜고 전기난로도 켰어요. 하늘도 슬펐는지 하염없이 비가
내리네요. 노란 종이배 두 개를 접어 하나는 입구에 하나는
책상에 올려뒀어요. 책방 문을 열고 한 시간 정도 지났을
시간에 40~50대로 보이는 인상 좋은 부부가 책방에 왔어요.
따로 연락하고 온 건 아니지만 괴산에서 '숲속작은책방'을
운영한다고 하셨어요. 서울의 작은 책방은 어떤지 궁금해서
겸사겸사 찾아오셨대요. 비도 오고 멀리서 오셨다 해서 제가
유자차 두 잔 타드렸어요. (괜찮죠?)

2015년 4월 17일

금강

전시 보러 오신 분 조용히 방문. 날이 좋아 문을 활짝
열어두었더니 고양이처럼 살포시 들어오셨나 봐요.

–

지금 흘러나오는 음악은 영화 ‹멋진 하루›의 OST
'3:04 PM'입니다. 낮잠을 자고 싶어지네요.
택배 아저씨들의 짐 내려놓는 소리, 차 시동 소리,
두부 장수 아저씨의 종소리, 가끔 들려오는 새소리도
곁들여지고 있어요. 평화롭게도….

2015년 4월 18일

혜정

event 1. 카드 리더기 고장으로 두 명의 손님에게 물건을 팔지 못한 게 분하고 아쉬워서 이지체크에 물어내라고 하려다가 책방 대문에 '양해 말씀'을 적어 붙이는 걸로.

event 2. 48,800원 매출 발생! 구입한 책을 적어두지 않아서 가는 손님 다시 불러 책 사진을 찍다.

event 3. 책을 많이 사 가는 손님에게는 어떤 전형적인 얼굴 형태나 태도가 있는 것 같다.

비가 추적추적 내리는 책방,
창밖이 까맣게 물든 밤의 책방,
호젓한 평일 오후의 책방.

내가 아끼고 사랑하는 일단멈춤의 모습을 친구들 또한
알아본 것 같아 기쁘고 신기했다. 의자에 앉아 일기를 읽는
내내 함께하지 않았음에도 마치 내가 그 자리에 속해 있는
것만 같다.

커피도 없이 어떻게

"커피를 팔면 운영에 도움이 될 텐데. 그렇지 않아요?"
짓다 만 미소를 흘리며 나는 "아마 그렇겠죠" 하고 말끝을
흘렸다. 그동안 귀에 못이 박히도록 들은 조언이었다. 업무차
방문한 출판 관계자, 지인은 물론이고 이제는 막 인사를 나눈
사람들마저 내게 커피를 팔라며 부추겼다. 그뿐인가. 카페를
겸하는 서점이 많아서인지 자연스럽게 커피를 찾는 손님들도
더러 있었다. 그때마다 책방 근처의 카페를 소개하며 상황을
무마하지만 어쩐지 마음이 싱숭생숭해지고 만다.

하루는 모임에서 두어 번 만난 적 있는 한 독립서점
운영자가 일단멈춤을 방문했다. 책방을 쓱 훑어본 그 역시
음료 판매를 화제로 꺼내 들었다. 다만 여느 사람들과 달리
조언이 매우 구체적이다. 책방을 오르내리는 낮은 계단을
야외 테라스처럼 꾸미면 좋겠다는 아이디어였다. 돌계단에

걸터앉아 시원한 병맥주를 들이켜는 사람들의 모습이 그의
섬세한 묘사를 통해 눈앞에 그려졌다. 방콕의 노곤한 여름
저녁이 떠오르는 풍경이었다. 조언대로라면 병맥주는 비교적
관리가 쉽고 이윤도 많이 남았다. 덤으로 여행책방다운
분위기도 낼 수 있으니 1석 3조와 다름없다.

커피든 맥주든 수익 구조를 창출해야 책방을 지속할 수
있다는 그의 말은 모두 옳았다. 마진율이 30퍼센트 이하인
책만으로는 인건비조차 충당하기 어렵다. 하지만 이 상황을
타개하기 위한 대안이 정녕 음료 판매뿐인 걸까. 어째서
모두가 한결같이 커피와 맥주를 정답인 양 추천하는
것인지 이해하기 어려웠다. 솔직히는 못마땅하다. 어쩌면
청개구리처럼 짓궂은 심보를 부리는 건지도 모른다.
돈을 들여 제대로 주방 설비를 갖춰보면 어떨까 진지하게
고민한 적도 있었다. 값비싼 에스프레소 머신이 부담이라면
모카포트나 핸드드립 커피, 티백 차 정도로 메뉴를
간소화하면 된다. 하물며 나 역시 여느 사람들처럼 커피
한잔이 주는 여운을 사랑했다. 달큰한 원두 향에 둘러싸인
채 책 읽는 기쁨이 얼마나 큰지 알고 있다. 하지만 그것이

일단멈춤을 찾는 이유가 될 수 있을까. 책방에 온 김에 커피를
마실 순 있겠지만 단지 거기까지다.

사실 음료 판매가 내키지 않는 결정적인 이유는 따로 있다.
가뜩이나 좁은 공간에서 액체가 담긴 컵이 오가는 상황이다.
음료를 내줄 때마다 두 눈으로 컵을 든 손님을 좇느라 바쁠 게
분명했다. 판매용 도서에 커피 얼룩이 생기고, 겸연쩍어하는
손님을 앞에 둔 채 '책값을 받아, 말아' 갈등하는 상황을
떠올리는 것만으로도 스트레스가 쌓인다. 그 정도도 참지
못하는 날 두고 절박함이 부족하다는 비난은 부디 참아주길.
어디선가 혀를 끌끌 차는 소리가 들리는 것만 같아 지금껏
어디서도 공개적으로 말하지 못했다. 독서 모임과 워크숍
없이 오직 책만을 판매하는 심심한 서점이 꿈이라는
속마음은 더더욱 꺼내기 어렵다. 일본의 츠타야처럼
라이프스타일을 제안하는 융합형 서점이 트렌드인 시대에
이렇게나 고리타분한 태도라니.

얼마 전 한 여행잡지의 에디터가 책방을 취재하러 왔다.
인터뷰가 끝난 뒤 그녀는 비공식 질문이라는 듯 내게 커피를

팔 생각이 없는지 넌지시 물었다. 온갖 생각이 스쳤지만 사정을 구구절절 늘어놓고 싶진 않았다.

"관리가 번거롭기도 하고 우선은 책만 팔려고요."

"이야, 역시! 좋아요. 꼭 그러길 바라요."

'역시'라니. 그 말에 담긴 의미가 궁금했다. 그녀가 어떤 맥락에서 찬성표를 던졌는지는 알 수 없지만 내 쪽에 한 명쯤은 더 서 있다고 생각하니 왠지 위안이 됐다. 적어도 나 혼자 엉뚱한 길을 걷고 있는 건 아니었다. 커피도 맥주도 없이 앞으로 어떻게 먹고살 수 있을지 또렷한 대책은 없다. 하지만 춥다고 해서 내 것이 아닌 옷을 허겁지겁 걸치고 싶진 않다. 답을 찾는 와중이니 그저 천천히 기다려달라는 말을 할 수밖엔.

그해 여름의 명왕성

가끔은 아무도 없는 텅 빈 책방으로 출근하는 내 모습이 인적
드문 마을의 정류장에 하차한 유일한 승객처럼 느껴지곤
했다. 부연 먼지를 날리며 자리를 뜬 버스 안에는 동일한
목적지로 향하는 승객들이 앉아 있다. 홀로 남은 나는
이제부터 오롯이 자력으로 눈앞에 닥친 문제를 해결해야
한다. 안전하게 잠들 수 있는 장소를 찾고, 배를 곯지 않게
끼니를 때우고, 방향을 잃지 않는 법을 깨우쳐야 한다. 차가운
밤, 온기를 나누며 끌어안을 친구 하나 없는 완벽한 혼자인
상태. 내 갈 길 가겠다며 기세등등하게 회사라는 버스에서
내렸지만 두렵지 않았다면 거짓말이다.

창덕궁 근처에서 드로잉과 캘리그래피를 가르치는 하정
씨가 수강생들과 함께 책방에서 전시를 열고 싶다며 연락이
왔다. 구김 없는 낙관으로 자신의 자리를 단단하게 일구는

그녀의 행보를 응원하던 나로선 더없이 반가운 제안이었다. 이제 막 캘리그래피를 시작한 이들답게 전시 주제는 '일단 쓰다'. 어느 동사 앞이든 '일단'이라는 부사를 붙이면 경직된 어깨가 풀리면서 덩달아 마음가짐도 느슨해진다. 뒷일을 걱정하기보다 지금 당장의 순간에 집중한다. 일단 해보자. 일단 저지르고 나면 뭐라도 남겠지!

오프닝 파티와 함께 전시가 시작됐다. 열댓 명 남짓한 팀원과 파티에 초대받은 손님들까지 한자리에 모이니 가뜩이나 좁은 책방이 더욱 발 디딜 틈 없었다. 새로 장만한 에어컨으로도 열기가 쉬이 가시지 않는다. 손부채를 부쳐가며 전시 소개를 간신히 마쳤건만 어쿠스틱 공연은 도무지 불가능해 보였다. 더위와 소란으로 어수선한 그때, 누군가 차라리 책방 밖으로 나가자고 말했다. 마침 바깥은 바람이 살랑대는 초여름 저녁이었다.

오늘을 위해 급히 합을 맞춘 바이올린과 멜로디언, 보컬 멤버들이 책방의 낮은 돌계단에 자리를 잡았다. 밖으로 나온 사람들은 연주자들과 마주 보는 삼거리에 서서 책방 주변을 둥글게 에워쌌다. 처음부터 계획한 것처럼 자연스럽게

야외무대가 완성됐다. 경쾌한 멜로디가 골목으로 퍼지자
무심히 거리를 오가던 주민들도 잠시 걸음을 멈추고 공연에
귀를 기울였다. 화려한 조명 대신 백열전구 하나로 불을 밝힌
무대는 함께한 이들의 목소리와 박수로 살뜰히 채워졌다.
혼자라면 결코 이뤄낼 수 없었을 다정한 풍경이었다.
빌 브라이슨의 책 『거의 모든 것의 역사』에는 우주의 이웃에
관한 이야기가 나온다.

1999년 2월에 국제천문연합이 명왕성이 행성이라는 사실을
공식적으로 인정했던 것은 좋은 소식이다. 우주는 크고
외로운 곳이다. 가능하면 많은 이웃과 함께 사는 것이 좋을
것이다.

－빌 브라이슨, 『거의 모든 것의 역사』, 까치글방

일단멈춤을 운영하며 좋은 이웃들을 만났다. 대개는 책방
운영자와 손님으로 시작된 평범한 만남이었다. 대화의
물꼬가 터지고 상대의 정체를 알게 되면서 우연은 시작된다.
알고 보니 프리랜서 일러스트레이터이고, 여행작가이고,

디자이너이고, 싱어송라이터인 그들에게 나는 함께 재밌는 일을 벌여보자며 슬며시 옆구리를 찔렀다. 우리는 그렇게 흔쾌히 서로의 이웃이자 동료가 되어주었다. 버스가 떠나고 혼자인 줄로만 알았던 낯선 정류장에서 인기척이 들리는 순간이다.

화장실 투쟁기

간혹 책방에서 화장실을 찾는 손님이 있다. 그때마다 나는
의미심장한 미소를 지으며 "도보 5분 거리의 이대역으로
가시면 됩니다"라고 태연히 안내했다. 없으면 없는 것이지
5분이나 떨어진 화장실을 다녀오라니. 예상 밖의 답변에
손님마다 당황한 기색이 역력하다.

사실 화장실이 없지는 않다. 책방을 나와 건물 오른쪽으로
돌면 마당 안쪽에 화장실 두 칸이 나란히 붙어 있는데 각각
책방과 지하의 봉제 공장용이다. 주인 할아버지가 처음
이곳을 보여줬을 때 속으로 크게 실망했다. 곳곳에 늘어진
거미줄은 그렇다 쳐도 바가지로 물을 퍼 용변을 흘려 보내야
하는 건 도무지 참기 어려웠다. 더구나 찌는 듯한 여름엔….

"그럼 사장님은 매번 이대역까지 간다는 말이에요? 어쩜,
불편하시겠어요."

"전 오히려 화장실 갈 때가 좋더라고요. 산책 겸 슬렁슬렁 걷고요."

변명이 아니다. 주변의 안쓰러운 시선과 달리 이대역을 왕복하는 10여 분 동안 나는 꿀맛 같은 휴식을 즐겼다. 하물며 그 시간을 알뜰히 사용하는 데도 점점 더 능숙해졌다. 허기가 질 때는 이대역 5번 출구 앞 만두 가게에서 김치만두를 포장하고, 이웃 카페인 밀랑스에 들러 안부 인사를 나누는 여유도 생겼다. 책방으로 돌아올 때는 평소 다니지 않는 길을 찾아다녔다. 짧은 거리나마 어제와 다른 방향을 선택하는 것만으로도 나는 하루 치 기쁨을 누릴 수 있었다. 골목 모서리에 핀 화사한 라일락과 삐악삐악 우는 어린 고양이들의 은신처를 발견한 순간처럼.

화장실의 먼 거리보다 나를 더욱 괴롭게 했던 건 타이밍이다. 머피의 법칙처럼 밖을 나서는 순간 손님과 맞닥뜨리는 일이 빈번했다. 손님을 밖에 세워둘 수도 없는 노릇이니 책방으로 다시 들어갈 수밖에. 어떤 날에는 손님 세 팀이 뙤약볕 아래에서 나를 기다리고 있는 바람에 서로 멋쩍은 얼굴로

다 같이 입장한 적도 있었다. 상황이 이렇다 보니 버티고
버티다가 간신히 화장실을 다녀오는 게 일상이 됐다. 그러다
기어코 일이 터지고 말았다.

역시나 책방 앞에서 마주친 손님을 외면하지 못하고 자리로
돌아와 멍하니 앉아 있던 날이었다. 15분, 30분이 지나도록
나갈 기색 없이 꼼꼼히 책을 읽는 뒷모습에 점점 초조해지기
시작했다. 생리 중인 데다 하필이면 남자 손님이라 이러지도
저러지도 못한 채 의자에 꼼짝없이 앉아 있길 한 시간.
그가 떠나고 나서야 자리에서 일어난 나는 경악을 금치
못했다. 방석은 붉게 물들어 있고 여름용 리넨 바지는 당장
쓰레기통에 버려야 할 지경이었다. 급하게 책방 문을 닫고
택시에 올라탔다. 마침 상의가 엉덩이를 가릴 만큼 길어
천만다행이었다.

화장실도 제때 가지 못해 이런 사나운 꼴을 겪다니 스스로가
한심하고 어처구니없어 내내 화가 치밀었다. 혼자서 책방을
지킬 수밖에 없는 환경을 탓하는 대신 나는 지금보다 좀
더 뻔뻔해질 필요가 있었다. 그날 이후 화장실만큼은 눈치
보지 않고 다녀오기로 마음먹었다. 이게 뭐 그리 대수라고

다짐까지 해야 할 일인가 싶지만 사소한 규칙 하나를 세우는
데도 나름의 결심이 필요했다. 나보다 손님이 우선인 소심한
자영업자 마인드가 여전히 내 안에 꿈틀대고 있다.

일단 결심을 세웠더니 이제는 책방에 손님이 있어도 개의치
않는다. 차라리 잘됐다 싶어 화장실에 다녀올 테니 잠시
자리를 지켜달라고 능청스럽게 부탁할 정도다. 무례하게
느껴질 수 있는 나의 돌발 요청은 다행히도 손님들에게
뜻밖의 이벤트처럼 여겨지는 듯했다. 무슨 소리인가 싶어
고개를 갸우뚱하다가도 금세 표정이 바뀌면서 오히려 나를
안심시켰다. "얼른 올게요"라는 말에 "천천히 다녀오세요"
하고 다정한 대꾸가 돌아온다.

가끔 블로그와 인스타그램에서 일단멈춤을 검색해보곤 한다.
그러다 뜻밖의 후기를 우연히 읽게 됐다. 나를 대신해 잠시
일단멈춤을 맡아준 이가 남긴 그날의 기억이었다.

"오히려 고마운 건 내 쪽이었다. 잠깐 공간의 주인이 된 것이
나쁘지 않았으니까."

별말씀을요, 저 역시 고마웠습니다.

마포 05번 승객의 부탁

마을버스 마포 05번이 서는 홍대입구역 근처 정류장에서
처음 보는 안내문을 발견했다. 오후 4시부터 4시 30분까지는
기사님의 식사 시간이라 운행을 쉰다는 내용. 양해를 구하는
문구 옆에는 "한 시간으로 늘려주세요" 하는 어느 승객의
부탁이 낙서처럼 적혀 있었다. 코끝이 찡했다. 맞아, 삼십
분은 턱없이 부족하지. 주문한 음식이 나오는 데 족히 십 분은
걸릴 텐데. 입가심으로 커피믹스 한 잔도 타 마셔야 할 테고.
그나저나 오후 4시에 먹는 밥은 점심일까 저녁일까. 어쩐지
남 일 같지 않아 서글퍼졌다.

1인 자영업자에게 식사만큼 골칫거리도 없다. 다른 책방
운영자들은 대체 어쩌나 싶어 물어보니 뻔한 대답이
돌아왔다. 가까운 식당에서 끼니를 대충 때우는 경우가
허다하다. 개중에는 도시락을 싸 다니는 부지런한 이도 더러

있었다. 식비 지출을 덜기 위해 나 역시 도시락을 고민한
적 있지만, 시도는커녕 굶지나 않으면 다행이었다. 점심,
저녁 시간 구분 없이 한적한 틈을 타 좀비버거에서 햄버거
세트를 사 먹거나(상호와 달리 자극적이지 않은 맛이 일품)
3,500원짜리 즉석 자장면을 파는 대흥분식으로 주로 향했다.
두 곳 모두 패스트푸드를 팔고 일단멈춤과 가까이 있어 '삼십
분' 안에 끼니를 해결할 수 있다.

다행히 최근에는 사정이 좀 나아졌다. 디저트 카페 밀랑스를
운영하는 미란 씨와 배달 도시락을 시켜 먹기로 한 것. 제빵과
음료 제조, 손님 응대를 도맡은 그녀 역시 자리를 비울 수
없어 매번 식사를 거르는 신세였다. 메뉴는 훈제 연어나 구운
두부, 샐러드 등이 푸짐하게 올라간 건강식 컵밥. 가격도
3,000원 내외로 저렴하다. 아쉽게도 배달된 도시락을 미란
씨와 함께 먹은 적은 단 한 번도 없었다. 베이킹 작업대에
서서, 서류 더미가 쌓인 업무용 책상 앞에 앉아 각자의 허기를
달랬다.

예전에는 책방에서 음식 냄새를 풍기는 게 싫어 겨우 빵이나
깨작였다. 그나마도 신경 쓰여 문을 활짝 열어 놓고 향초를

태웠다. 이제는 냄새보다 입 안 가득 음식물을 채운 채 손님을 맞는 순간이 더 곤혹스럽다. 번들거리는 입술로 "오모(어머)!" 하고 나도 모르게 외치게 된다. 플라스틱 용기의 뚜껑을 서둘러 봉하고 입매를 정돈하는 동안 손님은 아무것도 보지 못한 척 나와 가장 먼 거리에 있는 책장 앞을 서성인다. 민망한 순간을 모면하기 위해 두 사람이 벌이는 코미디 같은 상황. 그런데 나는 이런 장면이 낯설지가 않다. 계산대에서 등을 돌린 채 구부정하게 앉아 있는 편의점 아르바이트생과 단골 카페 사장님의 뒷모습이 선명하게 떠오른다. 손바닥으로 입을 가리며 오히려 죄송하다고 말하는 사람들.

가끔 허겁지겁 식사를 마치고 나면 등을 툭툭 두드려줄 누군가가 간절했다. "먹고 살자고 하는 일인데 이게 다 뭐니" 하고 핀잔을 퉁 던져줄 사람이 있었으면 하고 바라게 된다. 식사 시간을 한 시간으로 늘려달라던 마포 05번 승객의 부탁은 이루어졌을까.

당신이 와서는 안 될 곳

화요일 저녁마다 '나만의 여행책 만들기'라는 워크숍을 열고
있다. 기획부터 유통까지 독립출판물 제작 과정을 배우는
수업으로 호응이 좋아 벌써 7기까지 이어졌다. 자신만의
책을 만들고 싶어 하는 이들에게 여행은 부담 없이 접근할 수
있는 주제다. 여행기는 글솜씨가 아주 뛰어나지 않아도 여행
자체의 감흥과 여운이 문장의 빈 자리를 채워주고, 사진이나
그림에 재능이 있다면 텍스트 없이도 얼마든지 여행을
기록할 수 있다.

이번 기수 가운데는 40대 여성도 있었다. 춘천에 거주하는
그는 오직 이 수업을 위해 매주 서울을 오가는 수고를
마다하지 않는다. 지각하지 않기 위해 한 시간 반이나
일찍 염리동에 도착할 만큼 의욕적이다. 워크숍이
시작되기 전까지 그는 책방 한쪽에 앉아 준비 중인 원고를
들여다보거나 내게 이런저런 질문을 던졌다. 그의 목표는

가족과 함께 다녀온 국내의 성지 순례기를 한 권의 책으로
갈무리하는 것이었다.

첫 수업이 시작되던 날 춘천에서 온 그는 자신보다 어린 20,
30대 수강생 사이에서 내내 멋쩍은 표정을 지었다. 몇 번을
망설인 끝에 워크숍을 신청하긴 했지만 여전히 이 자리에
앉아 있는 자신이 주책맞아 보인다는 것이다. 데자뷔처럼
지난겨울 책방을 찾아온 또 다른 여성이 떠올랐다. 대학생
아들을 둔 그는 동남아시아 일대를 기록한 사진집을 만들고
싶다며 참여 계기를 밝혔다. 그러면서 나이 많은 자신이
다른 수강생들에게 민폐가 되진 않을지 신경 쓰인다는 말을
덧붙였다.

"그럴 리가요, 오히려 멋져 보여요."

마치 약속이라도 한듯 수강생 모두가 입을 모아 그녀를
칭찬했다. 하지만 생각할수록 멋지다는 표현에는 어폐가
있었다. 부모 세대가 새로운 문화를 접하고 배우는 모습이
그만큼 비일상적이라는 의미였다. 어쩌면 우리 모두 각자
나이에 '걸맞은' 장소가 따로 있다는 전제를 암묵적으로
공유하고 있었던 게 아닐까. 마치 와서는 안 될 곳에 온

사람인 양 민망해하는 두 사람의 표정이 좀처럼 잊히지 않는다. 더구나 그 높은 문턱의 장소가 다름 아닌 책방이라는 사실이 나를 더욱 씁쓸하게 만들었다.

일본 여행 중 SNS에서 자주 회자되던 카페를 방문한 적이 있다. 옆 테이블에는 쉰 살을 훌쩍 넘긴 듯한 중년 부부가 앉아 있었다. 나지막한 목소리로 대화하던 두 사람은 주문한 디저트가 나오자 "가와이(かわいい, 귀여워)"를 연발하며 서로 인증샷을 찍어주기 시작했다. 생각지도 못한 열띤 반응에 나는 그들을 신기한 눈으로 슬쩍 바라보았다. 부끄럽게도 그랬다. 머리카락이 희끗한 부부가 '힙한' 카페를 찾아와 디저트를 앞에 두고 즐거워하는 모습이라니. 낯설지만, 싫지 않았다. 오히려 사랑스럽다. 옆자리에 앉은 나까지 덩달아 그 작은 기쁨에 물들었다. 그 뒤로도 일본을 여행하며 비슷한 장면을 자주 목격했다. 취향을 공유하는 다양한 연령대의 사람들이 한 공간에서 스스럼없이 어울리고 있었다.

다음 기수 모집을 위해 책방 블로그의 워크숍 게시판을

정리하며 지난 게시물을 훑어보았다. 그중 유난히 질문이 많은 긴 댓글 타래가 눈에 띄었다. "책에 대해선 잘 모르는데 괜찮을까요." "한글 프로그램만 겨우 간단히 다룰 줄 압니다." 자신을 50대 주부라고 소개한 그는 워크숍에 관해 여러 차례 질문을 남기더니 결국은 신청을 포기한 듯했다. 벌써 몇 개월 전 일이다. 일단멈춤의 문을 두드리기까지 수시로 멈칫했을 이들을 위해 내가 뭘 할 수 있을까. 지금으로선 낯선 환경을 무릅쓰고 다가와 준 이들의 용기와 호기심에 기대는 수밖에 없다고 생각하면 스르르 맥이 풀리고 만다.

고양이의 시간

꼬박 모니터 화면만 바라보다 문득 고개를 드니 기척도
없이 저녁이 다가와 있었다. 불현듯 마주하는 고요한
풍경으로부터 나는 쉽게 행복을 느꼈다. 책방 안쪽까지
깊숙이 새겨진 한낮의 그림자, 오렌지빛 노을에 폭 젖은
책과 테이블, 살짝 열어둔 문 앞에 앉아 나를 빤히 지켜보는
고양이의 시선. 피로한 매일을 버티게 하는 건 저 먼 나라의
압도적인 풍광이 아니라 일상의 파편들이었다.
끼니때마다 책방으로 모여드는 길고양이들은 요즘 나의
커다란 즐거움이다. 염리동에 유독 길고양이가 자주
보이기에 책방 앞에 사료와 물을 놓아두기 시작한 게
계기였다. 한두 마리씩 오기 시작한 길고양이는 이제
어림잡아 네다섯 마리로 늘었다. 그중 하나는 수시로 찾아와
밥을 먹어 식탐 많은 고양이라며 흉을 본 적도 있었다. 하지만
얼마 지나지 않아 얼굴 크기만 다를 뿐 생김새가 똑 닮은 두

마리였다는 사실을 알곤 혼자 무안해지고 말았다. 시간은
길고양이들을 하나하나의 개별적인 존재로 볼 수 있게끔
도와주었다.

나는 흰 바탕에 검은 점을 단, 얼굴 작은 고양이를 좋아했다.
나보다 먼저 책방으로 출근하는 녀석이다. 닫혀 있는 문 앞에
바짝 붙어 앉아 고개만 빼꼼 내민 얼굴이 반갑고 찡하다.
언제부터 기다리고 있었던 것일까. 어서 빈 그릇을 채우라는
눈빛이 미운 구석 없이 사랑스럽다. 열기가 사그라든
오후 5시와 밤 10시 무렵에도 창 너머로 그 작은 얼굴을
발견할 수 있다. 그때마다 나는 반가움과 미안함이 뒤엉킨
복잡한 감정에 빠져들었다. 때로 그것은 추스르기 어려울
정도였는데 어째서 그런 마음이 드는 것인지 이유는 알 수
없었다.
얼굴 작은 고양이가 사료를 먹는 동안 주로 나는 물러서 그
모습을 바라보았다. 오독오독. 스피커에서 흐르는 배경음악
위로 꼭꼭 사료를 씹어 먹는 소리가 화음처럼 얹어졌다.
단단한 사료를 씹는 그 소리가 나는 무척 좋았다. 오죽하면

하루 중 이 시간을 기다릴 정도였을까. 출입문 가까이 스툴을 끌고 와 앉아 그 소리에 가만히 귀를 기울이다 보면 저녁 준비하는 엄마 뒤에서 쌀알을 꼬득꼬득 씹어 먹던 어린 내 모습이, 일곱 살 땐가 잠시 키웠던 덩치 큰 개가 뜬금없이 떠올랐다. 오독오독 소리는 까맣게 잊은 채 무작위로 불려 나온 추억을 좇다 보면 어느 순간 고양이는 없고 빈 그릇만 덩그러니 남아 있다.

어쩌다 나는 고양이가 내는 오독오독 소리와 사랑에 빠진 것일까. 소설가 서진의 여행 에세이 『청춘 동남아』를 읽던 중 그 이유를 깨달았다.

사람에게는 심심한 시간이 조금 필요하다. 그 시간에 누구는 소설도 쓰게 되고 또 누구는 조개껍질로 목걸이를 만들고 청소도 하게 된다. 인생을 바꿀 만한 일은 일어나지 않아도 좋다.

– 서진, 『청춘 동남아』, 미디어윌

작가의 말대로 나는 '심심한' 시간이 필요했다. 프랑스어로

달콤하게 읊조리는 카를라 브루니의 노래를 온종일 듣고,
일을 핑계 삼아 읽고 싶었던 책에 푹 파묻혀 지낸다 한들
책방이 마냥 편안한 장소는 아니었다. 카페 주인들도 가끔은
다른 카페에 손님으로 놀러 가고 싶다는 우스갯소리를 들은
적이 있다. 누군가에겐 더할 나위 없이 느슨한 공간도 실은
노동의 현장인 것이다. 나는 의식적으로 업무 틈틈이 심심한
시간을 마련했다. 겨울에는 티팟 가득 홍차를 우리고, 먼지가
소복이 쌓인 식물의 잎을 하나씩 정성껏 닦아내고, 고양이의
밥그릇이 비어 있진 않은지 수시로 내다보았다. 운 좋게
녀석들과 마주치면 가만히 무릎을 모으고 앉아 오독오독
소리를 듣는다.

잔기술의 고수

전국에 흩어져 있는 책방 스물세 곳의 연합 전시 '책집'에
참여했다. 헬로인디북스, 책방 오후다섯시, 프루스트의 서재,
책방만일, 노말에이, 스토리지 등 친숙한 서울의 책방들
외에 대구의 더폴락, 부산의 샵메이커즈, 제주의 라바북스
같은 지역 책방들과 함께 참가 명단에 이름을 올리니 감회가
새로웠다. 평소 특별한 교류가 있거나 친분을 쌓은 관계는
아니지만 그곳에 존재한다는 것만으로, 오늘도 별일 없이
책방을 여는 모습을 멀리서 지켜보는 것만으로도 막연히
동료애를 느꼈다.

전시 기간 동안에는 워크숍도 진행될 예정이었다. 내용을
살펴보니 '서점 주인을 위한 책장 만들기' '서점 주인을 위한
POP 제작' 등 수강 대상이 다름 아닌 책방 운영자다. 보통은
책과 서점을 좋아하는 독자를 타깃으로 한 프로그램을
준비하기 마련인데 오히려 그 반대다. 더구나 그 내용이

소규모 책방의 특수성을 반영한 운영 스킬이라니. 망설일 것 없이 냉큼 참여 신청 메일을 보냈다.

일단멈춤만 하더라도 냉난방비 절약 노하우, 책등 없는 중철 제본(펼침면 가운데 철심을 박아 고정하는 방식) 출판물 관리, 책방과 길고양이·화분의 공생, 끼니를 거르지 않는 법 같은 일상 밀착형 생존 전략이 시급했다. 책방 운영자가 쓸데없이 바쁘고 분주한 이유가 바로 여기 있기 때문이다. 책을 관리하고 손님을 응대하는 기본 업무 외에도 손이 필요한 일이 한두 개가 아니다. 행사 포스터 제작, DIY 책장 조립, SNS 홍보를 위한 사진 촬영과 연출도 빠뜨릴 수 없다. 서툴렀던 잔기술이 몸에 익을 즈음이면 뿌듯함보다는 역시, 돈이 최고구나 싶어진다.

책방을 준비하며 한 달 내내 셀프 인테리어에 매달렸다. 우리보다 먼저 자영업에 뛰어든 선배들의 블로그 후기가 아니었다면 해내기 어려운 미션이었다. 필요한 공구와 장비는 대구에 계신 J의 아버지로부터 협찬받았다. 묵직한 택배 박스에는 날 선 톱과 망치, 전동 드릴, 평형대, 각종

사이즈의 나사못과 펜치, 멍키 스패너 등 이제껏 다뤄본 적
없는 낯선 물건이 한가득 들어 있었다. 밤이 되면 판교에서
퇴근한 J가 염리동 공사 현장으로 재출근했다. 라디오를
들으며 종일 페인트칠만 하던 나는 안색이 새카만 동료의
등장이 반갑고도 안쓰러웠다. 그의 손에는 야식으로 먹을
피자와 만두, 치킨이 매번 들려 있었다.

우여곡절 끝에 완성된 책방은 그야말로 '멀리서 보아야'
아름다웠다. 허점투성이다. 수평 맞추기에 실패한 찬넬
선반은 오른쪽으로 갸우뚱 기울어졌고, 페인트칠은 말끔하지
않다. 여러 차례 구입처를 문의받은 스칸디나비아풍 조명
스탠드는 길에서 주운 나뭇가지로 만든 탓에 언제 목이
부러질지 알 수 없었다. 하루는 싸구려 폭죽 소리가 팡
하고 책방을 울렸다. 깜짝 놀라 주위를 살펴보니 전기난로
근처에서 희미한 연기가 피어오르고 있는 게 아닌가. J가
을지로에서 전선을 구입해 배선 작업한 콘센트가 난로의 센
전력을 버티지 못한 듯했다. 인건비를 아끼려다 그만 책방을
홀라당 태울 뻔했다.

입간판은 책방을 열고 9개월 만에 장만했다. 손님으로

알고 지내던 석병 씨가 마침 목공을 배우고 있다기에 덥석 부탁했다. 나름 '미대 오빠'인 J와 내가 입간판 제작에 실패한 직후였다. 선반을 만들고 남은 목재를 흰색으로 덧칠한 뒤 스텐실 기법으로 이름을 새길 계획이었는데 결과는 참담했다. 물감을 잘못 선택한 바람에 글자가 죄다 뜯겨 나온 것이다. 입간판 위로 자음과 모음이 제멋대로 뛰놀았다. 의뢰한 입간판은 일주일 뒤 책방 앞에 번듯이 세워졌다. 모난 구석 없이 말끔하게 재단된 다리는 수평이 딱 맞았다. 비를 맞아도 튼튼하다. 전문가에게 맡기는 데는 역시 그만한 이유가 있었다.

동네 책방은 아니지만

염리동 소금길과 아현동 일대를 일러스트로 담은 '소금언덕'
지도가 드디어 완성됐다. 프로젝트를 시작한 지 반년 만의
일이다. 조금 더 신경 써서 다듬지 못한 게 아쉽긴 하지만
결과물이 나온 것만으로도 박수를 치고 싶다.

어느 날 책방을 찾아온 휘재 씨가 함께 마을 지도를 제작하면
어떻겠냐는 이야기를 꺼냈을 때 나는 흔쾌히 그 제안을
수락했다. 일단멈춤이 있는 염리동 아랫동네는 지난해
재개발이 해제됐지만, 언덕 너머의 윗동네와 아현동 주변은
포클레인이 들이닥칠 날만 기다리고 있는 상황이었다.
집을 모두 헐어버리고 그 자리에 대규모 아파드 단지가
들어설 예정이란다. 책방을 차릴 공간을 알아보기 위해 인근
부동산을 돌아다닐 때 빠트리지 않고 했던 질문도 "여기는
재개발 구역인가요?"였다.

아현동에서 언뜻가게를 운영하는 휘재 씨는 이런저런

궁리로 늘 분주하다. 인디 뮤지션인 그는 공유 부엌과 소규모 독서 모임 등을 진행할 뿐만 아니라 '집에서 여는 작은 공연'이라는 콘셉트의 홈메이드 콘서트도 기획했다. 덕분에 일단멈춤에서도 두 차례나 공연을 열었다. 올해 봄, 서울시 마을 공동체 사업팀으로 선정된 그가 이번에는 동네를 위한 프로젝트를 준비하기 시작했다. 그중 하나가 마을 지도였다. 지도 이름은 과거 소금 창고가 많던 염리동과 언덕이라는 뜻을 지닌 아현동의 특징을 하나씩 따 소금언덕이라 지었다. 휘재 씨의 주도 아래 나와 이웃 책방 퇴근길 책한잔의 종현 씨가 합류했다. 일러스트를 그릴 작가로는 하정 씨를 추천했다. 창덕궁 근처에 살고 있는 그녀가 평소 북촌 주변의 골목 풍경과 이웃을 그림으로 담아 인스타그램에 올리는 게 인상적이었다. 하정 씨라면 소금언덕 지도의 의미를 잘 살려줄 듯했다.

의욕과 다르게 작업 속도는 몹시 더뎠다. 프로젝트에 참여한 멤버 모두 1인 자영업자인지라 자리를 비우기도, 미팅 시간을 맞추기도 쉽지 않았다.

나는 지도에 소개할 골목을 선정하고 간단한 코멘트를
더하는 일을 맡았다. 지난 1년 동안 소금길을 산책하며 각
골목의 특징과 매력을 하나씩 알아가고 있던 터라 공유하고
싶은 장소가 꽤 많았다. 이대역 5번 출구에서 시작된 길은
일단멈춤과 퇴근길 책한잔, 식물성, 밀랑스 등 상점이
밀집한 염리동을 둘러본 뒤 언뜻가게로 향하는 언덕을 지나
아현시장에서 끝이 났다. 얼핏 단순해 보이는 코스지만
홍콩의 뒷골목을 연상시키는 오래된 주택가를 거닐다 보면
한두 시간쯤은 훌쩍 흘러간다.

이곳엔 특별한 볼거리 대신 30년 넘은 동네 문방구와 낡은
이발소, 닭을 키우는 수선집, 주민들이 애용하는 슈퍼마켓과
세탁소, 통닭집이 있다. 어디에나 있지만 동시에 어디서도
보기 힘든 정겨운 서울 풍경이다.

지도에는 봄마다 같은 지붕 아래 둥지를 트는 세비의
집도 표시해두었다. 매일 이 길을 오가는 동네 주민 휘재
씨만이 알려줄 수 있는 정보다. 골목을 헤매다 보면 그릇과
잡동사니가 쌓여 있는 분홍색 담벼락과도 마주친다. 쓰지
않는 물건을 담 아래 내놓으면 필요한 사람이 가져갈 수

있도록 한 곳이다. 누군가 도맡아 관리하는 건 아니라서
물건들은 흙먼지를 잔뜩 뒤집어 쓰고 있긴 하지만
유심히 살펴보면 쓸 만한 것들이 제법 많다. 이미 몇 차례
인스타그램에 소개했더니 분홍색 담벼락을 찾기 위해 책방에
오는 손님도 꽤 늘었다.

봄에 시작한 지도 작업은 겨울이 오기 직전에야 마무리됐다.
2,000장의 소금언덕 지도가 담긴 택배 박스가 도착한
오후, 염리동에 진 마음의 빚을 얼마간 청산한 것 같아
홀가분했다. 동네 책방으로서의 역할과 계획을 묻는 기자의
질문에 한동안은 할 말이 있겠구나 싶었다. 염리동을 향한
애정과 별개로 나는 일단멈춤을 동네 책방이라 여기지
않았다. 동네 책방의 의미가 단순히 지리적 특성만을 반영한
것이라면 수긍하지 못할 것도 없다. 하지만 시간이 지나면서
외부에서 바라본 혹은 원하는 동네 책방이란 마을의 문화적
구심점이자 주민과 활발한 교류가 이뤄지는 현장임을 알게
됐다.
바깥의 요구는 버거웠다. 일단멈춤의 사회적 역할을

고민하기 전에 책방의 기반을 다지는 게 당장의 과제였다.
사회적 관심과 경제적 지원 없이 책방 홀로 지역사회를
위해 힘쓸 수만도 없다. 무엇보다 아직까지 일단멈춤을 찾는
손님의 절대 다수는 외부인이다. 방문하는 주민이 차츰 늘고
있긴 하지만 여전히 이곳이 개인 작업실인 줄 알았다는
말을 듣고 있다. 나 또한 위층에 사는 이웃의 얼굴을 여태껏
제대로 본 적이 없다. 일단멈춤과 염리동 사이에는 적응기가
필요했다. 서로를 지켜보고 받아들이는 시간 없이 관계는
맺어지지 않는다.

소금언덕 지도를 만드는 과정 또한 그 시간의 일부였다.
아직은 염리동을 잘 알고 있다고 자신 있게 말할 순 없지만
어느 언덕에 올라야 일몰을 잘 볼 수 있는지 정도는 알려줄
수 있게 됐다. 이 구역을 담당하는 우체부 아저씨와도 길에서
만나면 안부를 묻는 사이가 됐디. 그렇게 하나씩 연결 고리를
늘리다 보면 동네 책방이라는 딱지를 붙이지 않더라도
자연히 그러한 장소가 되어 있지 않을까. 그 기간이 얼마나
지난할지 혹은 기대보다 빨리 다가올지 알 수 없지만 느긋이
기다리고 싶다.

소금언덕 지도가 완성되고 얼마 지나지 않아 태양문구의
폐업 소식을 들었다. 35년 만의 일이다. '점포 정리 세일'
종이가 붙은 문방구 앞에는 미처 팔지 못한 재고가 길가에
널려 있었다. 뭐라도 사고 싶은 마음에 필요한 물건이 없는지
살펴보다 클립을 발견했다. 얼마냐고 여쭈니 600원인데
반값만 받겠다고 하신다. 차마 300원만 드리고 돌아올 순
없어 챙겨 온 동전 중 여섯 개를 골라 값을 치렀다.

가고파 미용실

일단멈춤의 가장 가까운 이웃은 건물 1층을 나눠 쓰는 가고파 미용실이다. 그런데 우리는 서로에게 꽤나 무관심한 편이다. 혼자서 미용실을 운영하는 아주머니는 지금껏 단 한 번도 책방을 방문한 적이 없다. 일단멈춤에서 책을 사야겠다는 생각이 마땅히 들지 않는 것처럼, 나 역시 옆집 미용실에서 헤어컷을 시도할 엄두가 나지 않았다. 그래도 가고파 미용실에는 단골손님이 꽤 있는 듯했다. 가끔 미용실이 불시에 문을 닫으면 동네 아주머니들이 책방으로 찾아와 연락처를 묻는 일이 왕왕 있었다.

"나는 꼭 이 집에서 빠마를 해야 하는데…."

그런 중얼거림을 듣고 나면 치렁치렁한 머리라도 가볍게 잘라볼까 싶은 유혹이 아주 잠시 스치지만 여전히 생각에 그친다.

하루는 분홍색 파마 롤이 비치는 헤어캡을 쓴 아주머니가 책방으로 뛰어들어 왔다. 얼마나 급했는지 망토처럼 걸친 가운을 목에 그대로 두른 채였다.

"아이고, 아가씨! 이리 좀 와봐. 얼른!"

다급한 목소리를 따라 쫓아간 미용실 바닥에는 주인 아주머니가 쓰러져 있었다. 의식은 있었지만 눈동자는 반쯤 풀려 있고 입가에는 토한 흔적이 보였다. 헤어캡 아주머니 말로는 갑자기 픽 쓰러지더니 119에 알리려고 해도 한사코 말리는 바람에 나를 불렀단다. 그나저나 구급차는 어떻게 부르는 거였더라. 갑작스러운 상황에 가슴이 쿵쾅댔다. 02를 붙여야 하나 고민할 새도 없이 다짜고짜 119부터 눌렀더니 구급대원과 바로 연락이 닿았다. 바닥에 누운 채 통화를 듣고 있던 주인 아주머니는 희미한 목소리로 전화를 끊으라며 애원했다. 아마도 이전에 두어 번 구급차 신세를 진 게 영 마음에 설린 모양이었다.

다행히 위급한 상태는 아니어서 간단한 현장 검진을 받는 것으로 상황은 종료됐다. 그제서야 나도 헤어캡 아주머니도 크게 숨을 뱉었다. 소파에 누워 안정을 취하고 있는 주인 아주머니를 확인한 뒤 책방으로 돌아가려는 찰나, 등 뒤로

걸음을 붙드는 소리가 들려왔다.

"저기… 나 대신 저 아줌마 중화 좀 해줄 수 있겠어? 타이밍을
놓치면 큰일인데…"

혼란한 와중에도 고객의 파마를 걱정하는 주인 아주머니의
프로 정신이란! 미처 닫지 못한 책방 문을 잠그고 돌아온
나는 분홍색 롤 위로 중화액을 정성스레 뿌렸다.

잊지 못할 한바탕 소동 덕분에 일단멈춤과 가고파 미용실의
관계가 한층 돈독해지는 일은 일어나지 않았다. 늘 그렇듯
각자의 손님을 기다리며 제자리를 지키던 어느 날, 한 케이블
방송에서 촬영을 왔다. 손님과의 인터뷰를 계획했던 피디의
바람과 다르게 그날따라 책방은 몹시 한산했다. 당혹스러운
표정으로 골똘히 고민하던 그는 어디론가 급히 향하더니
가고파 미용실 원장님의 손을 붙잡고서 내 앞에 나타났다.
이웃 주민과의 훈훈한 정이라도 연출할 심산인 건가. 미용실
아주머니의 책방 입성이 이런 식으로 성사될 줄 누가
알았을까.

두리번두리번 책방 안을 살피는 미용실 아주머니의 얼굴은

그 어느 날보다 해사해 보였다. 바로 옆의 카메라맨을 의식한 듯했다. 피디는 우리 두 사람을 책장 앞에 멀뚱히 세우더니 대화를 나눠보라고 주문했지만, 동전을 넣으면 즉석에서 재주를 부리는 곰처럼 멘트가 퍼뜩 떠오르지 않았다. 그런데 그때,

"어머, 예쁘게도 꾸며놨네."

아니나 다를까 프로 정신이 남다른 미용실 아주머니가 대화의 포문을 열었다. 이에 질세라 나 역시 덩달아 맞장구를 쳤다.

"오늘 처음 와보셨죠? 여행 계획 있거든 놀러 오세요. 하하하."

"여기서 맨날 뭐 하나 했지. 사람들도 드문드문 오고."

"에이, 미용실 퇴근하시고 나면 손님들 많이 와요."

어실픈 내화 신이 끝나자마자 미용실 아주머니 인터뷰가 이어졌다. 어떤 이야기를 하실까 궁금해 피디 옆에 슬며시 붙어 서서 귀를 기울였다. 책방을 와본 적도 없는 분이 무슨 할 말이 있을까 싶어 노파심이 들었다. 하지만 지나친 기우였을까. 물 흐르듯 자연스럽게 입을 연 미용실

아주머니에게서 뜻밖의 이야기가 흘러나왔다. 젊은 친구가 예쁜 가게를 운영해준 덕분에 동네 분위기가 밝아졌다는 칭찬이었다. 뾰로통한 친구의 속마음을 우연히 듣게 된 것처럼 쑥스러웠다. 만일 누군가 내게 가고파 미용실에 대해 묻는다면 나는 어떤 대답을 할 수 있을까.

음, 우선은 단골손님이 많습니다. 그만큼 솜씨가 좋으시다는 뜻이겠죠. 식물 조경에도 관심이 많으시고요. 제가 고양이 밥을 주는 것에도 관대하십니다. 그러기가 쉽지 않은데. 참, 택배도 매번 대신 맡아주시고요. 그리고, 그리고 말이죠….

방송팀이 철수한 뒤 우리는 곧장 각자의 일터로 복귀했다. 촬영을 마친 소감을 잠시 나눌 법도 하건만 그러지 않았다. 그리고 30분쯤 지났을까. 옆구리에 책 두 권을 끼운 채 나타난 미용실 아주머니가 책방 문을 툭툭 두드렸다. 자신이 감명 깊게 읽은 책을 내게 선물로 주고 싶으시단다. 책등을 흘깃 보니 고故 정주영 현대그룹 회장의 자서전과 『영혼을 위한 닭고기 수프』였다. 서프라이즈 선물의 감동을 미처 느끼기도 전에 두 책의 묘한 조합 때문에 웃음이 먼저 새어

나왔다.

표지 코팅이 벗겨진 채 색이 누렇게 바랜 『영혼을 위한 닭고기 수프』는 개정판이 아닌 오래전 내가 읽었던 것과 같은 구판인 듯했다. 20여 년 만에 다시 마주한 책의 페이지를 넘기자 묵은 먼지 냄새가 코를 간지럽혔다. 그 순간 기억 보관소에 반짝 불이 들어온 것처럼 잊고 지냈던 몇몇 기억이 되살아났다. 가족 외식을 나서는 길, 차 뒷좌석에 앉아 이 책을 읽고 있는 꼬마. 당시 초등학생이었던 나는 1, 2권으로 출간된 책의 시리즈를 모두 소장하고 있을 만큼 열렬한 팬이었다. 평범한 사람들에게 일어난 기적의 순간, 이웃 간의 우정을 다룬 교훈은 이솝우화나 탈무드 못지않은 큰 감동을 선사했다.

문득 『영혼을 위한 닭고기 수프』를 읽으며 '그래도 세상은 살 만한 곳이구나' 하고 고개를 끄덕였을 가고파 미용실 아주머니로부터 묘한 동지애가 느껴졌다. 단 하나의 공통점도 없어 보이던 우리 사이에 다리 하나가 놓였다. 어쩌면 좋아하는 책을 누군가에게 선물한다는 건 언제든 다리를 건너 자신에게 오라는 초대장과 같은 게 아닐까.

교보문고가 아닌 일단멈춤

『치앙마이, 그녀를 안아 줘』의 저자 치앙마이래빗 작가와
의기투합해 특별한 북토크를 열기로 했다. 열 명 내외의
인원만 초대해 즉석에서 요리한 쌀국수를 대접하기로 한
것이다. 재료와 조리 도구는 그녀가 모두 맡아주기로 했다.
여러 해 동안 태국에서 거주한 경험을 살려 현지 맛을 제대로
구현해보겠단다. "이런 행사도 재밌겠는걸요" 하고 가볍게
던진 공을 멋지게 받아쳐준 저자 덕분에 책방에서 태국
식당이란 걸 열어보게 됐다.

북토크를 세 시간이나 앞두고 책방에 도착한 작가 부부의
손에는 커다란 솥과 가스버너, 식재료 상자가 들려 있었다.
미리 삶아온 쌀국수 면에 판매용 육수를 부을 거란 짐작은
완전히 빗나갔다. 그녀는 각종 향신료를 넣은 솥에다 생닭을
흐드러지게 끓여낼 작정이었다. 예상치 못한 작가의 '큰
그림'에 그만 크게 웃고 말았다. 책방에서 닭 육수를 고아낼

줄 누가 상상이나 했겠는가. 지금의 엉뚱한 상황이 그저
즐겁기만 하다.

약속된 시간이 되자 북토크 신청자들이 하나둘 책방에
도착했다. 두 시간 동안 팔팔 끓인 육수 냄새가 바깥의 찬
공기와 뒤섞이면서 푸근한 분위기를 자아냈다. 사람들이
문을 열고 드나들 때마다 꼭 웃풍이 심한 어느 시골 식당에
놀러 온 것만 같다. 고명으로 얹을 고수와 으깬 땅콩,
매끈하게 익은 면까지 준비되자 여기저기 흩어져 있던
사람들이 난로를 중심으로 둥글게 모여 앉았다. 금방 퍼
올린 쌀국수 그릇이 손에서 손으로 옆 사람에게 전달됐다.
더운 나라에서 건너온 음식은 서울의 추운 겨울과도 제법
잘 어울렸다. 그날 저녁 우리는 여름날의 치앙마이를 함께
추억했다.

며칠 전 서점인을 대상으로 한 강연에 발표자로 나섰다.
일단멈춤의 시작과 운영 방식을 소개하는 자리였다.
프레젠테이션 도중 나는 문장 하나를 화면에 띄웠다.

'왜 교보문고가 아닌 일단멈춤에 가야 할까?'

책방을 준비하는 동안 끊임없이 들었던 질문. 상대의 얄궂은
물음이 매번 불편했다. 번번이 속상해하면서도 나는 마땅한
답을 내놓지 못했다. 하지만 이제와 돌이켜보니 그때는
머쓱한 표정을 지을 수 밖에 없었겠구나 싶다. 그동안 책방을
일구며 매일 하나씩, 무엇이든 배웠다. 알고 시작한 것보다
시작하고서 알게 된 것이 훨씬 많다.
운영 초기의 일이다. 알량한 욕심에 유명 여행작가의
베스트셀러 몇 권을 입고했다. 교보문고는 물론 인터넷
서점 여행 분야에서 늘 상위권에 올라 있는 책이었다.
놀랍게도 그 책은 반년이 지나도록 판매되지 않았다. 대형
서점이 제공하는 서비스, 이를테면 각종 굿즈와 적립금,
당일 배송 시스템 등에 주눅 들지 않았다면 거짓말이다.
하지만 고맙게도 책방을 오간 손님들이 조바심 가득한 나를
안심시켜주었다. 그들 중 누구도 대형 서점과 같은 번듯한
서비스를 일단멈춤에 요구하지 않았다.
우려했던 7.5평 남짓한 작은 공간은 오히려 장점이 됐다.

작가와 독자, 손님과 운영자 사이의 밭은 간격은 마음의 거리 또한 좁혀주었다. 6인용 테이블에 둘러앉은 우리는 책을 징검다리 삼아 서로에게 다가갔다. 작가와 독자라는 호칭 대신 이름을 부르며 고민을 공유하는 밤이 계속됐다. 그 밤이 차곡차곡 쌓여 어느덧 1년이 흘렀다. 여전히 누군가 '왜 일단멈춤에 가야 하느냐'고 묻는다면 우선은 그에게 따끈한 쌀국수 한 그릇부터 말아주고 싶다.

매출 대신 데이트

전에 다니던 회사 대표는 "자나 깨나 기획 생각만 해야
한다"는 충고를 서슴지 않는 워커홀릭이었다. 툭하면 업무
지시가 담긴 카카오톡 메시지를 보냈는데, 진동 소리에 깨
시간을 확인해보면 캄캄한 새벽인 경우가 허다했다. 주말도
마찬가지였다. 참다못한 나는 결국 회의 자리에서 새벽에
메시지를 보내지 말 것을 요청했다. 자신이 잊기 전에 보내는
것뿐이니 괘념치 말라던 그는 메시지가 도착했다는 알람조차
상대에게 엄청난 피로감을 안긴다는 사실을 좀처럼 이해하지
못했다. 물론 그날 이후로 바뀐 것은 없었다.

그런데 어느 날 눈을 떠보니 자나 깨나 일 생각만 하는 대표와
내가 똑같은 짓을 하고 있다. J는 내가 SNS 중독자가 됐다며
농담처럼 말했지만 가끔은 짜증을 냈다. 나는 그를 옆에 둔
채 휴대전화 너머의 고객과 쉼 없이 대화했다. 간만의 외식
자리에서 음식을 기다리는 동안, 나란히 침대에 누워 예능

프로그램을 보는 동안, 잠이 오지 않아 뒤척이는 동안에도.

그리고 아침에 눈을 뜨자마자 SNS와 블로그를 확인했다.

특히 워크숍 신청과 도서 주문처럼 수익과 직결되는 댓글은

좀처럼 외면하지 못했다. 새벽 1시든 3시든 관계없이 답변을

남겼다.

인스타그램과 페이스북, 블로그는 책방의 유일한 홍보

수단이었다. 누군가 일부러 소리 내어 부르지 않으면 아무도

모를 작은 책방을 세상에 알릴 수 있는 유일한, 그리고 돈이

들지 않는 통로. 팔로워가 늘고 '좋아요'를 많이 받는다고

해서 손님이 당장 느는 것은 아니었다. 중요한 건 저들의

마음속에 일단멈춤이라는 이름이 우연히라도 스쳤다는

사실이었다. 언젠가 한 번쯤 이대역을 지나갈 때 '참, 여기

무슨 책방이 있던데' 하고 떠올릴 수 있다면 절반은 성공이다.

그런 기대로 인해 집착은 점점 더 심해졌다. 부엌에서 요리를

하면서도 휴대전화를 손에 쥐고 책방 업무를 처리했다.

자연스럽게 일과 생활의 경계가 흐려졌다.

책방을 시작한 이후 나와 J 앞에는 저녁 없는 삶이라는 커다란

숙제가 놓였다. 우리는 늦은 밤에야 저녁 식사라는 것을 간신히 함께했다. 집으로 돌아오면 인스턴트식품으로 대충 끼니를 때우는 대신 간단하게나마 요리를 했다. 생활감을 잃지 않으려는 최소한의 노력이었으나 매번 후회했다. 설거지까지 끝내고 나면 온몸에 진이 빠졌다. 겨우 저녁 한 끼 먹었을 뿐인데 자정이 코앞이다. 아침잠이 많아진 탓에 눈을 뜨자마자 책방으로 뛰쳐나가는 하루가 매일 반복됐다.

회사를 나왔다고 해서 자유분방한 삶이 내 품에 와락 안기는 기적은 일어나지 않았다. 여느 직장인들이 겪는 고충과 불만은 책방 주인이 되어서도 마찬가지였다. 오히려 일단멈춤의 안녕을 위해 저녁을 담보로 시간을 빌려 쓰는 처지가 되고 말았다. 저녁에 진행되는 워크숍이 책방의 주된 수입원으로 자리 잡으면서 일주일에 두 번뿐이던 수업이 화요일부터 토요일까지 계속됐다. 자연히 퇴근 시간도 늦춰졌다. 밤 8시면 문을 닫는 평소와 달리 워크숍이 있는 날은 두세 시간 더 자리를 지켜야 했다. 사람들이 떠난 염리동 골목은 쥐 죽은 듯 조용했다. 동네에서 유일하게 불을 밝힌

책방에 덩그라니 앉아 있노라면 하루를 무사히 보냈다는
보람 대신 쓸쓸함이 앞섰다. 밝은 대낮에는 느끼지 못한
일상의 무게에 덜컥 겁이 났다.

문제는 명확했지만 달리 수가 보이지 않았다. 워크숍
수강료로 벌어들이는 고정 수익을 생각하면 추가 근무 외에
다른 선택지가 없었다. 나는 돈에 무지했다. 돈의 속성을
모른다. 순진한 얼굴로 나의 유일한 자산인 시간을 돈과
맞바꿨고 그 대가는 혹독했다. 아르바이트생이라도 두고
개인 생활을 챙기라는 주변의 조언은 속 모르는 소리였다.
잃어버린 시간을 되찾기 위해서는 그에 상응하는 금액을
지불해야만 했다. 악순환의 반복이다. 회사를 탈출한 뒤
세상의 법칙에 등 돌리며 살 것 같은 내 인생이야말로 돈
앞에서 자주 휘청거렸다.

"괜찮겠어요? 일요일에 사람이 꽤 많은데."
하루뿐인 휴무일을 월요일에서 일요일로 옮길 예정이라는
내 말에 퇴근길 책한잔의 종현 씨가 한마디 거들었다.
"아무래도 안 되겠어요. 데이트할 시간이 없어요."

농담처럼 말했지만 긴 고심 끝에 내린 결정이었다. 주말이 성수기인 자영업자와 주말엔 쉬는 직장인의 연애는 자주 삐걱댔다. 1박 2일 여행은커녕 J가 책방으로 나와 일을 돕는 지경에 이르렀다. 혼자서만 쉬는 게 신경 쓰인 모양인지 책상도 없이 한쪽 구석에 우두커니 앉아 있는다. 때로는 꽃 시장에 들러 공간을 장식할 생화를 한아름 안고 돌아오거나, 내가 외출한 사이 홀로 책방을 지키며 손님을 맞았다. 졸지에 무급으로 일하는 매니저 신세가 됐다.

휴무일을 정할 당시에는 데이트를 할 수 없는 '사소한' 변화가 내게 끼치는 영향을 미처 알지 못했다. 대수롭지 않은 듯 J와의 평범한 시간을 생략했다. 하지만 뒤늦게 깨달았다. 우리 두 사람의 관계는 특별한 이벤트나 에피소드가 아닌 함께 영화를 보고, 공원을 걷고, 밥을 먹는 일상을 통해 견고해져왔음을. 통장 잔고를 걱정하며 저녁을 헌납하는 미련한 나이지만 더 이상 일요일만큼은 양보하고 싶지 않다. 세상을 향한 나의 소심한 저항. 매출 대신 데이트를 선택하기로 했다.

공무원 팔자라니

샘 멘디스 감독의 ‹레볼루셔너리 로드›는 다섯 손가락 안에
꼽을 만큼 아끼는 영화다. 한번 사랑에 빠진 영화는 몇 번이고
다시 보는 성격이지만 이 작품만큼은 차마 그러지 못했다.
극 중 케이트 윈즐릿이 연기한 에이프릴의 황폐한 삶을
지켜보는 것만으로도 숨이 턱 막힌다.

에이프릴은 지루한 일상에서 벗어나기 위해 남편 프랭크에게
이민을 제안한다. 자신이 어떻게든 일을 찾아 돈을 벌 테니
당신은 꿈을 좇으라 권할 만큼 대담한 여성이다. 그녀는
억눌러온 이상을 실현할 장소로 파리를 선택했고, 나는 그
결정에 말 없이 고개를 끄덕였다. ‘다른 삶’으로 시작되는
문장 앞에서 나는 늘 대책 없이 설레는 부류의 사람이니까.
단 한 번도 가본 적 없는 저곳을 그리워하다 인생을 낭비할
팔자인 것이다.

그야말로 어느 날 문득, 귀를 솔깃하게 하는 스카우트 제안이

J에게 날아왔다. 방콕에 있는 기업에서 그래픽 디자이너로 일해볼 기회였다. 뜻밖의 소식에 가장 흥분한 사람은 당사자도 아닌 나였다. 불과 몇 달 전 다녀온 방콕 여행에서 좋은 인상을 가지고 돌아온 터라 더욱 신이 났다. 건물마다 잘 갖춰진 냉방 시설 덕에 지독한 더위는 한결 견딜 만했고, 고수만 뺀다면 시고 달고 짠 태국 음식이 입에 퍽 잘 맞았다. 한국에서는 비싼 열대 과일을 원 없이 먹을 수 있다는 점도 마음에 들었다.

에이프릴이 파리행을 두고 갈등하는 남편을 설득하기 위해 '당신은 세상에서 가장 아름답고 멋진 존재'라고 치켜세울 때, 나는 이번 기회가 경력에 큰 도움이 될 것이라며 J에게 달콤한 말을 흘렸다. 아무런 근거 없는 낙관이었다. 태국의 노동환경과 임금 수준, 디자인 업계 현황에 대해 나는 조금도 아는 바가 없다. 그저 놀이동산에 도착한 어린아이처럼 달뜬 몸을 비비 꼬며 어서 입구를 통과하길 재촉할 뿐이다. 반면 좀처럼 평정심을 잃지 않는 J는 우리 앞에 놓인 현실적인 문제를 하나씩 테이블 위에 꺼내기 시작했다. 당장 책방부터 문제였다.

"이제 간신히 자리를 잡았는데. 접으려고?"

그의 물음에 나는 "글쎄" 하고 머뭇거렸다. 순간 대답을
망설이는 스스로가 당혹스러웠다. 고작 1년 남짓 된 책방을
이리도 허무하게 끝낼 생각을 하다니 뻔뻔하고 무책임했다.

스카우트 논의가 지지부진한 사이 나는 평소와 다름없이
책을 팔고 블로그에 짧은 글을 쓰며 지냈다. 안정된 생활이
주는 평화는 감각을 무디게 만들었다. 처음부터 없었던
일처럼 방콕을 향한 들뜬 마음도 차츰 사그라들었다.
'이대로도 좋다'는 충만함은 분명 소중했다. 하지만 정말
이대로도 우리는 괜찮은 것일까. 애써 참아온 질문이
스프링처럼 제멋대로 튀어 올라 이따금 나를 놀라게 했다.
그제서야 내가 왜 그리 방콕행 티켓에 목말라했는지 알 것만
같았다. 도진과 다름없던 책방 운영이 어느덧 생활의 일부가
되자 나는 또다시 저곳을 그리워했다. 단 한 번도 가본 적
없는 상상 속의 그곳을.
새로운 일에서 느끼는 크고 작은 성취와 성장의 기쁨은
얼마 못 가 다음 달 월세와 홍보, 모객, 수익을 걱정하는

노파심으로 뒤바뀌었다. 내가 원하는 방식의 삶을 꾸려가고 있다는 확신 대신 매사에 전전긍긍하는 지질한 자신과 더 자주 마주쳤다. 그때마다 방콕의 뜨거운 열기와 향신료의 비릿한 맛, 노랫말처럼 들리던 태국어를 떠올렸다. 그곳에서 나는 호기심에 가득 찬 눈으로 세상을 바라보고 순간의 감정에 끊임없이 감응했다. 생기가 넘친다. 살아 있다. 하지만 알고 있었다. 나를 꿈에 부풀게 한 이 모든 풍경이 잠시 머물다 떠나는 여행자의 시선에 불과하다는 사실을. 어디에도 영원한 저곳은 없었다. 지금의 이 흥분도 시간과 함께 퇴색할 예정이었다. 저곳은 다시 '이곳'이 되어 나를 낙담케 하겠지. 결국 방콕 이주는 한여름 밤의 꿈처럼 가벼운 해프닝으로 끝이 났다. 에이프릴과 프랭크는 파리로 떠나지 않기로 결정했다.

절대음감과 뛰어난 운동신경을 갖고 태어난 천재를 동경하듯 나는 방랑벽을 타고난 이들을 늘 부러워했다. 그들은 자신의 의지와 관계없이 운명이 떠민 등쌀에 못 이겨 세상을 방랑한다. 반면 내게선 역마살의 기운이 감지되지 않았다. 내

인생을 대신 점치고 온 엄마의 전언에 따르면 당신의 딸은 공무원이 제격인 운명이란다. 답을 깨우친 사람처럼 나는 체념의 표정을 지었다. 어디로도 떠나지 못하는 대신 이렇게 여행책방이라도 하고 사는 것이로구나. 불행 중 다행이라고 해야 하나. 이것, 참.

그냥, 이왕이면

작업을 시작한 지 3개월 만에 홈페이지를 완성했다. 이제
온라인에서도 일단멈춤에 입고된 독립출판물을 구매할
수 있다. 계획에 없던 일을 벌인 건 오프라인 책방보다
온라인 구매 사이트로 얻는 수입이 월등히 높다는 주변의
조언 때문이었다. 경험담을 바로 옆에서 들으니 귀가 휘휘
펄럭였다. 주 고객층은 독립서점이 많지 않은 지방의
거주민과 출퇴근하기 바쁜 직장인. 택배 업무가 하나 더 늘긴
하지만 그만한 대가가 있는 노동이란다.

지금까지는 일단멈춤 SNS 계정을 통해 일대일 도서 주문을
받았다. 피드에 책 소개글을 올리면 한두 명씩 구입 문의가
오는 정도라 가능한 일이었다. 사실 택배 배송은 이윤이 거의
남지 않는다. 배송료 3,000원을 받긴 하지만 계약된 택배사가
없으니 자비를 얹어 발송하는 경우가 많다. 그럼에도 계속
도서 주문을 받는 건 일단멈춤을 기억하고, 이용해준 이들에

대한 고마움의 표시였다. 어디서 이런 소리를 하면 "그러니 장사가 안되지" 하고 야단맞을 게 뻔하겠지만.

그런데 따지고 보면 더 손해인 쪽은 나보다 손님이다. 인터넷 서점을 이용하면 무료 배송은 물론이고 10퍼센트 할인도 받을 수 있다. 반면 일단멈춤은 완전 정가제를 고수한다. 어디 금전적 손해뿐일까. 주문을 완료하기까지 피곤한 과정을 거쳐야 한다. 우선 가벼운 인사로 운을 뗀 뒤 책 가격과 배송료를 일일이 물어야 하는데, 운이 나쁘면 반나절이 지나서야 답을 듣게 될지도 모른다. 이후에도 이름과 주소, 연락처 등 개인 정보를 메시지로 전송. 계좌 이체로 현금 결제까지 마쳐야 마침내 손에 책을 쥘 수 있다. 여러모로 번거롭고 불편을 무릅써야 하는 일이다. 책방 운영자라는 명함을 달고 있긴 하지만 여전히 손님들의 속마음은 알다가도 모르겠다.

퇴근길에 잠깐 과일 가게에 들렀다. 한 골목에 두 집이 마주 보고 있는데 하나는 규모가 커서인지 소액 카드 결제가 가능하고, 가격도 여느 곳에 비해 훨씬 저렴하다. 반면 맞은편

가게는 그보다 작고 현금만 받는 데다 1,000원씩 더 비싸다.
두 곳 다 고루 이용하는 편이지만 걸음은 늘 작은 과일 가게
쪽으로 먼저 향한다. 이왕이면 하는 마음. 과일이 싱싱해
보여서, 하필 주인아저씨가 내 쪽으로 크게 인사를 해서,
부모님을 돕는 아들이 기특해서, 소쿠리에 얹은 귤 이파리가
예뻐서. 딱히 이유랄 게 없는 '그냥'에 이끌려 더 비싼 돈을
주고 자꾸 과일을 사게 된다. 그냥, 이왕이면 하고.
어쩌면 비슷한 심정이려나. 그냥, 이왕이면 작은 책방에서.

나만 모르는 비밀

나는 사회적 관계를 맺는 데 많은 에너지가 필요한 사람이다.
아껴 쓰지 않으면 금세 피로하고 스트레스를 받는다. 넘치는
에너지로 성큼성큼 다가오는 유형의 사람과 만난 뒤에는
곧장 집으로 돌아와 방문을 닫고 커튼을 쳐야 한다. 아, 하고
탄식하며 바닥에 드러눕고 만다. 상대의 활기에 맞장구라도
치려면 내가 가진 하루 치 에너지를 몽땅 끌어 써야 하기
때문이다.

엄마의 기억에 따르면 두 살 터울인 남동생이 태어나기
전까진 나를 데리고 대문 밖을 나서는 일은 엄두도 못 냈다고
한다. 껌딱지처럼 등에 업힌 채 떨어지지 않으려는 울보.
친척 어른들이 다 큰 성인인 나를 두고 울보라 놀릴 때마다
못마땅한 기분이 들었다. 그렇잖아도 겁 많고 내성적인
스스로가 마음에 들지 않던 차였다. 당차고 사교적인 인재를
원하는 사회에서 나와 같은 자기 친화적 유형은 환영받지

못한다. 성격 개조를 시도해본 적도 있다. 결론부터 말하자면 왼손잡이더러 오른손을 쓰라며 강요하는 것 이상으로 억지스러운 일이라는 씁쓸한 교훈만 얻었다.

대학 학보사 기자 1년 차 여름방학 때 일이다. 휴식은커녕 매일 신문사로 출근해 교육을 받으며 다음 학기 기획을 준비했다. 어느 날은 부서 직속 선배가 과제 하나를 내밀었다. 재학생을 상대로 하루 다섯 명씩 인터뷰를 따 오라 했다. 인터뷰 훈련 겸 기획 소스를 얻기 위한 취지였지만 내겐 고문과 다름없었다. 때마침 캠퍼스에는 사이비 종교 단체 소속 학생들이 열렬히 포교 활동을 펼치고 있던 터라 대뜸 말을 걸었다간 따가운 눈총을 받기 딱 좋았다.

방학 중인 캠퍼스는 한적했다. 뙤약볕 아래를 걸으며 인터뷰 대상을 찾으면서도 아무도 내 눈에 띄지 않길 바랐다. 거절을 당할 때마다 정신이 혼미했다. 터무니없는 과제를 낸 선배도 미웠지만, 몇 마디 말 붙이는 게 뭐 그리 대수라고 눈물을 글썽이는 스스로가 측은했다. 하물며 여름방학 내내 울며 겨자 먹기로 완수한 미션은 붙임성을 키우는 데 조금의 도움도 되지 않았다.

'내성적 성격'이란 틀로 나를 설명하기란 어렵다. 나는
자기주장이 강한 편은 아니지만 수동적이지 않고, 폭넓은
인간관계를 맺진 않지만 몇몇과는 꽤 깊은 유대감을
공유한다. 앞에 나서는 일이라면 어떻게든 피해보지만
막상 닥치면 꽤 그럴싸하게 해낸다. 한때는 갈피를 잡을 수
없는 이런 내 모습을 이해하지 못했다. 때늦은 사춘기에
괴로워했다. 하지만 이제는 그 모든 게 나라는 사람임을
알고 있다. 아는 것을 넘어 기꺼이 받아들였다. 내키지 않는
약속은 잡지 않고, 혼자서도 얼마든지 즐겁게 놀 줄 아는
나를 자랑스러워하게 됐다. 여분의 시간 동안 나는 햇볕 아래
식물처럼 가만히 에너지를 충전했다. 그 힘으로 다시 친구를
만나고, 밥을 지어 먹고, 일을 한다.
나는 책방이야말로 내게 딱 어울리는 일터라고 생각했다.
사람들과의 교류 때문에 스트레스 받는 일이 무어 있을까
싶고, 그저 자리를 지키며 책만 팔면 되는 줄 알았다. 잔잔한
음악이 흐르는 공간에서 손님은 책을 고르며 저만의 고요한

시간을 보내고, 책방 주인은 그 분위기를 흐트리지 않은 채 묵묵히 제 일을 한다. 그것이 내가 떠올린 이상적인 책방의 풍경이었다. 누구의 방해도 없는 무해한 공간.

얼토당토않은 바람이었다. 일단멈춤을 찾는 사람들의 기대와 목적은 저마다 다양했다. 대형 서점의 북적이는 인파가 싫어 이곳에 온 사람이 있는 반면, 호기심에 이끌려 온 사람도 있다. 책방 주인의 정체가 궁금해서 왔다며 대놓고 의도를 밝히는 이도 심심찮게 나타났다. 놀랍게도 손님 가운데 몇몇은 이제 막 만난 내게 속마음을 곧잘 털어놓았다. 퇴사를 고민하는 막막한 심정과 첫 배낭여행을 앞둔 설렘과 걱정, 프리랜서로 일하는 어려움 등 각자의 처지를 내게 하염없이 들려주었다. 예고 없이 시작된 대화의 끄트머리에는 시간을 뺏어 미안하고 또 고맙다는 인사가 따라왔다. 집으로 돌아간 줄 알았던 누군가는 갔던 길을 되돌아와 따뜻한 커피와 마카롱을 건네주었다. 그때마다 나는 감격에 젖기보다 '대체 왜?'라는 질문을 먼저 떠올렸다.

갑작스레 좁혀진 거리감이 당혹스러웠다. 알고 싶지 않은 고민을 떠안은 기분이 드는 동시에 상대의 솔직한 고백에

부응해야 하는 모종의 책임감을 느꼈다. 한편으론 궁금했다. 처음부터 내게 속마음을 털어놓을 생각으로 책방을 찾은 것일까. 아니면 분위기에 휩쓸려 저도 모르게 마음이 새어 나오고 만 것일까. 만일 후자라면 대체 책방의 무엇이 굳게 닫힌 입을 열도록 만든 것일까. 혹시 서가에 꽂힌 책들이 무언의 말을 걸고 있는 것은 아닐까. 정작 나만 모르는 책방의 비밀을 손님들은 알고 있는 듯했다.

겨울이 물러서자 보드라운 잎을 틔운 로즈마리를 큰 화분에 옮겨 심는 사이 한 손님이 책방으로 들어섰다. 20대 초반의 학생으로 보이는 그녀는 의자에 앉아 잠시 쉬어도 되겠냐며 내게 물어왔다. 의아했지만 부쩍 따뜻해진 날씨 탓이려니 싶어 이내 의심을 접었다. 몽롱한 표정의 그녀는 책은 펼쳐 보지도 않은 채 그저 가만히 자리를 지켰다. 신경 쓰지 않으려 해도 분갈이를 하는 내내 뒤통수가 간질거렸다. 어쩐지 나를 쳐다보는 것만 같다. 시간이 얼마나 흘렀을까. 한참을 망설인 듯한 그녀가 이윽고 말문을 뗐다.

"잠시 제 이야기 좀 들어주실 수 있으세요?"

예상 밖의 전개에 나도 모르게 "네?" 하고 큰 소리가 나왔다.
다행히 그녀의 입에서는 조상신 대신 사랑에 관한 이야기가
흘러나왔다. 자신을 괴롭히는 연애 문제에 관해 조언을
구하고 싶다는 것이다. 뜻밖의 상담 요청에 혼란스러웠지만,
모른 척하기엔 그녀의 표정이 몹시 절실해 보였다. 덕분에
연애에 서툴렀던 스무 살의 나를 아주 오랜만에 소환했다.
괜한 소리를 한 게 아닌가 싶다가도 이 모든 게 봄이기에
가능한 일 같았다.

그녀가 돌아간 뒤 나는 젖은 낙엽처럼 쓰러져 앉았다.
수십 명의 손님을 동시에 응대한 직후처럼 기진맥진했다.
머릿속이 아득해졌다. 이리도 살갑지 못한 내가 그저 책방
운영자라는 이유만으로 누군가의 이야기 상대가 되어주고
있다. 이곳이 책방이라는 이유만으로 사람들로부터 한없는
신뢰를 받고 있다.

이웃의 두 얼굴

"너무 이기적인 거 아니에요? 참 나."

수화기 너머로 쏘아붙이는 상대의 말에 눈물이 핑 돌았다.

이런 상황을 두고 적반하장이라지. 전화를 끊은 뒤에도 손이

바들바들 떨렸다. 분하다.

통화 속 상대는 책방 앞에 나흘 동안 승용차를 세워둔

차주였다. 몇 주 전에도 같은 문제로 말씨름한 전력이

있던지라 이번에는 잠자코 지켜만 보았더니 이젠 아예 전용

주차장쯤으로 여기는 듯했다.

이런 상황이 처음은 아니다. 개중에 최악은 무려 2주간

연락처도 없이 방치된 정체불명의 승합차였다. 시간이

흐르면서 짜증은 불안으로 번졌고 혹여 범죄에 연루된

차량이진 않을까 밤마다 두려웠다. 마침내 모습을 드러낸

차주는 이 근처에 산다는 중년 남성이었다. 그는 그간 여행을

다녀왔다며 상황의 심각성을 얼버무렸다.

언덕과 좁은 골목으로 이루어진 염리동은 주차 공간이
현저히 부족한 동네. 영역 확보를 위해 집집마다 타이어와
의자, 이동식 옷걸이 등을 주차 방지용 장애물로 세워놓는다.
자가용은커녕 운전면허증도 없는 나는 이 험난한 주차난에서
응당 자유로울 줄 알았다. 하지만 어느 날 눈을 떠보니 영역
다툼의 한가운데 내가 서 있다. 이 근방에서 교회를 제외하면
가장 넉넉한 주차 공간을 보유한 책방 앞은 졸지에 공용
주차장 신세가 됐다. 출근과 동시에 차주에게 전화를 걸어
싫은 소리 하는 것이 일상이다.

정오부터 해 질 무렵에는 정차 중인 각종 택배 차량으로
인해 사람들의 시야에서 책방이 사라졌다. 조그만 입간판에
기대는 처지인데 트럭으로 입구까지 가리니 답답한
노릇이다. 그렇다고 차마 택배 차량을 내쫓을 순 없었다.
땡볕과 칼바람에 맞서 오르막을 뜀박질하는 택배 기사들을
보고 있노라면 조용히 기다리게 된다. 하지만 근처 사는
주민이라며 당당히 주차하는 이들까지 포용하기엔 내
아량이 그리 넓지 않았다. 책방 손님을 위한 주차 공간이니
영업이 끝난 뒤 사용하시라 부탁해보지만, 매번 돌아오는

대답이란 "내가 이 자리에 수년간 주차를 해왔다"거나 "다른 집 차는 허락하면서 왜 내게만 뭐라 하느냐" 같은 상식 밖의 대꾸였다. 도리어 날더러 '공동체 의식'이 부족하고 '이기적인' 사람이라며 비난한다.

그들 말대로 내가 너무 인정머리 없는 사람인가 싶어 입을 꾹 다물었다가, 발끈 화도 내보았다가, 이만한 일로 울적해진 스스로가 겸연쩍어 속으로 끙끙 앓는 상황이 수시로 반복됐다. 주택가 안쪽에 자리한 만큼 조심스러운 마음으로 책방을 운영해왔다. 하지만 옆집 미용실 앞은 텅 비워둔 채 일단멈춤만 노리는 듯한 느낌이 들 때, 그 이유가 내가 젊고 만만한 여성이기 때문은 아닌지 의심하게 될 때면 작은 분노가 일었다.

주차난과 맞먹는 또 다른 문제는 쓰레기다. 책방 앞 전봇대는 그야말로 쓰레기 폐기장을 방불케 했다. 애써 청소를 하면 밤사이 쓰레기가 다시 쌓였다. 쓰레기 투기는 나뿐만 아니라 삼거리 주변에 거주하는 주민들에게도 제법 큰 스트레스였다. 어느 토요일 오후, 참다못한 아주머니들과 J가의기투합해 쓰레기 투기범 색출에 나서기로 했다. 책방을 지키고 있던 나는 현장에 참여하지 못한 걸 아쉬워하며 색출 과정을 흥미진진하게 지켜보았다. 무리 중 한 명이 전봇대 아래에 나뒹구는 쓰레기 봉투 중 하나를 뜯더니 내용물을 헤집은 끝에 주소지가 적힌 우편 봉투를 발견했다. 성난 아주머니와 J가 함께 우르르 문제의 출처로 향했다. 투기범으로 지목된 남자는 자신의 집 쓰레기는 맞지만 불법 투기를 한 적은 없다며 펄쩍 뛰었다고 한다. 누구도 그의 말을 믿지 않았지만 앞으로 주의하라는 경고를 남긴 채 첫 색출 사건이 종결됐다.

며칠 뒤 책방 앞 전봇대에는 경고문이 덕지덕지 붙었다. 그날 함께한 아주머니 중 한 분이 취한 조치였다.

CCTV 촬영 중. 무단 투기 시 벌금.

놀랍게도 말뿐인 CCTV는 쓰레기 불법 투기를 훌륭히 막아냈다. 기대 이상의 효과에 어리둥절할 정도였다. 이참에 나 역시 '영업 중 불법 주차 금지. CCTV 촬영 중'이라 쓴 푯말을 세워야 하는 것일까.

문득 일단멈춤 앞을 여전히 지키고 있는 화분이 떠올랐다. 들자 하니 어떤 책방은 문 앞에 내놓은 화분이 종종 사라진다던데, 공동체 의식 없는 책방 주인이 되고 말겠다며 앙금을 품은 스스로가 머쓱해졌다. 그럼에도 책방 앞을 가로막은 주인 모를 차량을 욕하고, 노려보는 것만큼은 도무지 어찌할 수 없는 노릇이다.

우리끼리 하소연

독립서점 운영자들과 만날 기회는 좀처럼 흔치 않았다.
그나마 단톡방이 있어 서로의 처지를 공유하는 정도다.
이곳에선 별별 이야기가 오갔다. 정말로 별별 이야기라 차마
밝힐 수 없는 내용도 많다. 대한민국 소규모 책방의 애달픈
현주소가 바로 여기에 있다.

단톡방은 다양한 용도로 활용됐다. 어느 날은 '무엇이든
물어보세요'처럼 운영상 궁금증과 의문을 해소하는 장이
된다. 서로가 서로의 민원24시가 되어 해결책을 제시해주는
것이다. 취약 분야인 종합소득세 신고라든가 정산 시
지출되는 이체 수수료 부담 문제, 사소하게는 독립출판물
제작자의 계좌를 급히 묻기도 한다. 책방 운영자를 위한
매뉴얼이 없으니 비빌 언덕이라고는 활발히 활동 중인
현역들뿐이다. 악성 바이러스처럼 책방을 순회하며 민폐를
끼치는 인물을 조심하라는 메시지가 날아든 적도 있다.

대나무 숲이 절실한 순간에도 단톡방을 찾았다. 각자에게 일어난 그날의 '빡침'을 털어놓을 때마다 운영자들은 그 누구보다 사연에 깊이 공감하며 함께 뭇매를 들어주었다. 책방이라는 특수한 공간에서 일어나는, 사소하되 곱씹을수록 불쾌한 상황을 외부에서 이해받기란 쉽지 않기 때문이다. 하물며 가장 지근거리에 있는 J마저도 나의 하소연에 무딘 반응을 보이곤 했다. 상대의 입장에 처하지 않는 이상, 상황의 섬세한 결까지 보듬기가 그만큼 어렵다. 결국 속상한 마음의 잔털까지 세세하게 알아줄 이는 단톡방 동지들뿐이라는 사실을 뼈저리게 절감하게 된다.

최근 단톡방을 뜨겁게 달군 화제가 있다. 책방에 와서 사진 촬영만 실컷 하다 돌아가는 몇몇 손님들이다. 피사체는 다름 아닌 책. 어째서인지 근래 들어 책 표지와 본문을 샅샅이 찍어 가는 사람들이 부쩍 늘었다. 제값을 지불한 도서라면 모를까 매너에 어긋나는 행위다. 특히 독립출판물을 주로 취급하는 책방일수록 그런 경우를 자주 겪는 듯했다. 뒷이야기를 들어보니 사지도 않은 책을 마치 구입한 것처럼 꾸며 글을 올리는 일도 있단다. SNS에서 주목받기 좋은 독특한 제목과 근사한 표지, 감성을 자극하는 문구를 찾아온 헌터들 같다. 과격한 소리로 들리겠지만 이 모든 광경을 뒤에서 지켜보는 운영자의 속은 새카맣게 타들어 간다. 결국 몇몇 책방은 본문 촬영 자제를 부탁하는 메모를 붙여놓았다고 한다.

나 역시 책방에서 화보 촬영이 펼쳐지는 현장을 목격한 적이 있다. 부담이 될까 봐 먼저 도움을 청하기 전까진 손님에게 관심을 두지 않는 편인데 그날은 달랐다. 작지만 분명하게 들리는 잦은 셔터 소리에 고개를 들어보니 둘이서 책을 집었다 놨다, 의자에 앉았다 일어났다, 문에 기댔다 떨어졌다를 반복하며 자신들의 추억을 남기고 있는 게 아닌가. 다른 손님이 없었기에 망정이지 절로 눈살이 찌푸려졌다. 소심한 나는 결국 아무런 제지도 하지 못한 채 두 사람을 물끄러미 예의 주시했다. 속으로 그저 '제발 책만은 내버려두길' 하고 빌었다.

불과 1, 2년 사이 소규모 책방을 향한 관심이 커졌다. 체감하는 온도 차가 확연히 다르다. 매달 대여섯 건의 취재

요청이 들어올 만큼 이곳저곳 소개도 많이 됐다. 하지만 세간의 주목이 마냥 기쁜 것만은 아니다. 매체를 통해 회자되는 책방은 추억을 자극하는 향수 어린 공간, 돈이 들지 않는 데이트 코스였다. 책은 언제나 뒷전이거나 흥밋거리로 소비하기 급급하다. 한편으로 뜨끔했다. 이목을 끌기 위해 책방의 특정 이미지를 전시한 장본인이 바로 나였으므로. 대부분의 직장인이 일터에 매여 있을 오후 3시의 산책, 책방으로 스미는 나른한 햇살, 길고양이와의 다정한 한때를 SNS에 넌지시 드러냈다. 이곳에선 당신도 평온의 순간을 누릴 수 있을 거라 속삭였다. 말하자면 나는 의도적으로 편집된 책방의 분위기를 팔았다. 비용이 들지 않는 편리한 홍보 전략이었다. 잘못이었을까. 하지만 아주 거짓은 아니었다.

나의 속절없는 딜레마에도 염치없이 부탁을 남기고 싶다. 마음을 움직인 문장이 있다면 카메라 대신 가슴에 담아주기를. 구매로 이어진다면 더할 나위 없이 고맙겠지만 그렇지 않다고 해서 서운한 마음은 없다. 조금의 사심 없이, 이 말만은 진짜다.

어쩌다가 책방 주인

계산을 마친 책을 종이봉투에 넣으려는데 손님에게서
머뭇거리는 기색이 느껴졌다. 그런 나를 또 눈치챘는지
그가 먼저 조심스레 입을 열었다. 서울도서관에서 열린
'서울책방학교'의 수강생이란다.
3월부터 진행된 서울책방학교는 서점에 관심 있는 시민들을
대상으로 한 10회짜리 특강이다. 매회 강연자가 바뀌는데
이상한 나라의 헌책방, 땡스북스, 유어마인드 등 평소
좋아하던 책방 운영자들로 라인업이 꾸려졌다. 운 좋게 나
역시 그분들 사이에 끼어 일단멈춤을 소개하는 기회를 얻게
됐다. 강연 주제는 '한 우물 파는 전문 서점: 여행에 관한
모든 것'으로 주최 측에서 정해주었다. 처음 제안을 받았을
땐 정중히 거절할 생각이었다. 이제 막 1년을 넘긴 책방
주제에 이러쿵저러쿵 떠드는 게 부담스러웠기 때문이다.
하지만 다시 생각해보니 '이제 겨우 1년 된' 책방이 해줄

수 있는 이야기가 있지 않을까 싶었다. 오픈하기까지의
과정과 시행착오, 그동안 느낀 점들을 솔직하게 전한다면
누군가에겐 어떤 식으로든 도움이 될지도 모른다.
결정적으로 강연비를 지급한다는 제안서의 문구가 나를
강하게 움직였다.

그날 내 강연을 들었다는 남자의 언급에 얼굴이 달아올랐다.
와줘서 고맙다는 인사를 건네고 나니 다음 말이 떠오르지
않았다. 반면 남자는 하고 싶은 이야기가 있는 듯 보였다.
"교보문고의 강연을 들으려고 신청한 건데, 일단멈춤
걸 듣고서 교보문고 강연은 가지 않았어요. 이야기 잘
들었습니다. 혹시, 이 책에 사인해주실 수 있을까요?"
남자는 방금 산 책을 내 쪽으로 내밀었다. 당황스러웠다.
다른 작가의 책에 어떻게 사인을 하느냐며 손사래를 쳤지만
그는 아랑곳없이 표지 뒷장의 면지를 찾아 펼쳐주었다. 하는
수 없이 사인 대신 이름을 써넣기로 했다. 다한증이 있는
손바닥은 이미 땀으로 흠뻑 젖어 있었다. 종이가 우그러들까
손을 최대한 공중에 띄우고서 이름과 날짜를 적었다. 그가

돌아간 뒤 혼자 남은 책방에서 나는 눈물을 왈칵 쏟았다.
이렇게 계속 책방을 해도 괜찮겠냐고, 그를 붙잡아 묻고
싶어졌다.

많은 사람들이 내게 좋아하는 일을 하고 있어 부럽다는 말을
건넸다. 일단멈춤을 연 이후 나는 이른바 '꿈을 이룬 멋진
사람'이 되어 있었다. 사실 여부는 중요하지 않았다. 겉보기에
그러면 된 것이다.
일단멈춤은 기대 이상으로 빠르게 인지도를 쌓았다.
평범한 회사원이었던 20대 후반의 여성이 자신만의 공간,
그것도 돈 안 되는 책방을 차렸다는 사실은 여러모로 좋은
기삿거리였다. 나 역시 그들의 장단에 손뼉을 마주쳤다.
열심히 홍보해야 사람들이 찾아오고, 안정적인 수입을 거둘
수 있을 테니까. 노력한 보람이 있는지 매체에 소개될수록
손님도 많아졌다. 하지만 놀랍게도 수입은 거의 늘지 않았다.
노력이 부족한가 싶어 더 많은 행사를 열고 더 자주 언론에
얼굴을 비쳤지만 상황은 크게 달라지지 않았다. 도무지
이유를 알 수 없었다.

좋아하는 일을 하고 있다는 말의 절반은 사실이 아니었다. 공간을 유지하기 위해 지난달에도 내키지 않는 외주를 받아 원고를 썼다. 그 고료로 한 달 치 전기세를 내고 필요한 비품 몇 가지를 살 수 있었다. 책방의 유명세와 부러움의 시선은 내 삶의 질을 조금도 높여주지 않았다. 도리어 글을 쓰기 위한 에너지와 시간마저 앗아 갔다. 지난겨울부터 고민은 깊어져갔다. 이대로 책방을 유지할 수 있을까. 언제든 그만둘 수 있다는 처음의 다짐과 달리 아쉬운 게 많아졌다. 그 애꿎은 마음이 자꾸 고민을 흐릿하게 만들었다.

그래서 돈이 어떻다고요

퇴근을 앞두고 일일 매출을 정산했다. 책방의 살림 규모가
여실히 드러나는 시간. 외면하고 싶지만 피할 도리가
없다. 엑셀 파일에 기록한 금액을 계산기에 하나씩 입력할
때마다 숨이 흡 하고 멈췄다가 이내 긴 한숨이 터졌다.
안도, 탄식, 실망, 기대, 비아냥. 그 외 이름 붙일 수 없는
영문 모를 감정들이 공기 중에 섞였다. 1만 2000원, 3만 원,
1,000원, 1,200원…. 돼지 저금통에 잔돈 모으듯 한 푼 두 푼
쌓은 돈으로 여태껏 책방을 운영하고 있다는 사실이 그저
놀랍기만 하다.

매출은 마치 신이 던진 주사위 놀이에 의해 결정되는 듯했다.
오늘도 허탕이구나 싶다가도 10만 원어치 책을 현금으로
구매하는 손님이 등장하면 그날은 '억수로' 운이 좋은 하루로
마무리됐다. 유난히 매출이 저조했던 어느 달의 마지막 날,

KBS 프로그램 '걸어서 세계속으로' 팀에서 책값으로 30만 원가량 결제해준 덕분에 평균 월수입을 맞출 수 있었다. 반대로 종일 손님이 끊이질 않았건만 매출이 바닥을 치는 날도 허다했다. 엽서만 팔리거나 빈손으로 돌아간 손님이 많은 날이 그렇다. 오래 버티고 앉아 있는다고 해서, 평소보다 더욱 의욕적으로 일한다고 해서 그것이 곧 더 높은 매출을 보장하진 않았다.

화창했던 토요일 오후보다 폭우가 쏟아지던 목요일 오후의 매출이 두 배 이상 높았던 까닭은 대체 무엇일까. 매출에 관해서만큼은 도무지 예측과 요령이 끼어들 틈이 없다. 가끔은 하늘의 누군가가 부디 주사위를 제대로 굴려주시길 기도하게 된다. 하지만 그마저도 핑계일 뿐 이 모든 심각한 상황이 나의 무능력으로 인한 것이라는 결론에 자주 이르렀다.

매일 저녁 마주하는 숫자는 하루 동안 흘린 나의 땀과 노력, 능력을 평가하는 점수처럼 느껴졌다. 슬렁슬렁 요령을 피우든 밥 먹듯 야근하며 최선을 다하든 변함없는 월급을 받던 직장인 시절에는 상상조차 하지 못한 일이다. 일을 하면

월급을 받는다. 이 단순한 경제 원리가 적용되지 않는 지금의
삶이 나는 여전히 어렵기만 하다.

일단멈춤을 시작한 뒤로 주 6일, 하루 평균 9시간 이상
근무하고 있다. 그렇게 벌어들인 매출에서 월세와 각종 세금,
도서 구입비, 워크숍 강사비, 위탁 수수료 등을 제하고 나면
60~80만 원 남짓의 순이익이 손에 남았다. 2016년 최저임금
6,030원. 하루 8시간씩 주 5일 일하는 근로자의 임금
1,260,270원보다 못한 액수다. 책방으로 예전만큼의 돈을
벌겠다는 기대는 하지 않았다. 대신 적게 벌고, 적게 일하자.
초과근무에 시달리며 개인 시간을 뺏기는 상황을 감내하지
않기로 다짐했다. 그 이유는 하나였다. 꾸준히 습작할 수
있는 환경을 만드는 것. 그러기 위해선 일하는 시간을 줄이는
수밖에 없다.

막상 공간을 열고 보니 무엇 하나 뜻대로 흘러가지 않았다.
책방은 작업실이 될 수 없었다. 여느 직장이 그렇듯 그저
일터일 뿐이다. 자리를 지키고 있는 동안은 손님을 응대하고,
행사를 기획하고, 입고 처리가 우선인 운영자 역할에

충실해야 했다. 글에 집중할 정신적 여유 따윈 허락되지 않는다. 책방 일에만 오롯이 매달려야 월세를 밀리지 않을 만큼의 수익을 내고 내일도 모레도 무탈하게 책방을 열 수 있었다. 일단멈춤의 인지도가 쌓이고 안정기에 들어서면 '돈을 벌 수 있는 일'보다 '돈은 안 되는 일'에 조금 더 에너지를 쏟을 수 있을 줄 알았건만 요원한 바람이었다. 책방이 순조롭게 굴러갈수록 더 많은 노력과 관심을 기울여야 했다. 안정된 속도를 유지하려면 잠시도 한눈을 팔아선 안 된다.

더 많이 일하고, 더 적게 버는 지금의 상황을 벗어날 수 있을까. 보람은커녕 차츰 나아질 것이라는 처음의 기대조차 이제는 사그라들었다. 평소 즐겨 읽던 매거진의 블로그에서 우연히 에디터 채용 공고를 발견했다. 자격 요건을 읽어보니 딱히 결격 시유는 없었디. 평일엔 회사에 나가 월급을 빌고 비정기적으로 책방을 열면 어떨지 상상해보았다. 일주일 내내 만약의 가능성이 머릿속에서 떠나지 않았다. 미봉책인 걸 알면서도 돌파구가 보이지 않는 지금의 상황을 어떻게든 모면하고 싶었다.

요즘은 매일 돈에 대해 생각한다. 살면서 이렇게 돈 궁리를 해본 적 있나 싶을 만큼 골똘히. 출근길 카페에 들러 아이스 카페라테를 테이크아웃 할지, 카누 두 봉을 뜯어 우유와 얼음을 부어 마실지를 두고 갈등할 때마다 그 생각은 더욱 집요해졌다. 나는 카누로 만든 아이스 카페라테를 좋아할 뿐 아니라 맛있는 제조 비율도 알고 있다. 하지만 어쩔 수 없이 카누를 고르고 싶진 않았다. 카페에서도 얼마든지 사 먹을 수 있지만, 카누로 만든 아이스 카페라테를 마시고 싶다는 이유로 그것을 선택하고 싶었다. 그런데 언제부터인가 어쩔 수 없이 무언가를 선택하는 일이 잦아졌다. 마지못한 결정이 쌓일수록 얼굴 없는 원망의 대상이 하나씩 늘어갔다.

우아한 백조의 고백

공간은 나와 함께 호흡하고 움직였다. 내가 풀이 죽어
있으면 책방의 공기도 무겁게 가라앉았다. 굼뜨게 움직이는
동안에는 책방도 멈춰 서 있다. 두 번째 봄을 맞은 나는
일단멈춤을 건강하게 꾸려가기엔 몸과 마음이 무너진
상태였다. 자주 불행한 얼굴을 지었고 사람들은 피곤해
보인다며 걱정스러운 시선을 보냈다.

나는 시간의 물리적인 힘을 믿는 편이다. 하지만 시기상조인
것일까. 책방을 둘러싼 모든 일에는 여전히 서툴렀다.
점심으로 사 온 만두를 퇴근 때가 돼서야 먹는 책방의 예측
불가한 상황이, 이제 막 밀문을 든 낯선 이와 한 시간씩
대화를 주고받는 분위기가 좀처럼 적응되지 않았다. 벌컥
열리는 문소리에 깜짝깜짝 놀라는 순간도 빈번해졌다.
심지어 돈 버는 재주마저 여태 늘지 않았다. 재주는 둘째치고
돈 앞에선 쫄보가 된다. 돈이 돈을 부른다는 사람들의 말에

대출을 고려한 적도 있다. 목수에게 책장을 의뢰하고 해외
서적을 늘리는 등 획기적인 변화를 줘볼까 고민했지만,
결론은 빚을 지는 상상만으로도 겁이 났다. 자영업자로서
낙제점에 가까운 내가 용케 여기까지 왔다.
그렇다고 세상 잃은 얼굴을 한 채 앉아 있을 수만은 없었다.
미래야 어찌 되든 아쉬움이 남는 건 싫다.

몇 주 전에는 거금 60만 원을 들여 책방 안쪽의 콘크리트
침대를 철거했다. 공간을 넓혀 워크숍에 지금보다 더 많은
인원을 받기 위해서였다. 그래 봐야 의자 대여섯 개를 더 놓을
수 있는 정도지만 숨구멍을 튼 것처럼 속이 시원했다. 철거
공사가 끝나자마자 북토크를 줄기차게 열었더니 저녁마다
사람들로 시끌벅적이다. 전해 듣기로는 그 어느 때보다
일단멈춤이 활기차 보였다고 한다. 그래서였을까. 만나는
이들마다 나더러 잘나가는 책방 주인이라며 추켜세웠다.
민망했다. 수면 아래에서 발버둥 치는 우아한 백조가 바로
나라는 사실을 아무도 모르는 것 같다.
망설였던 '탐방서점' 행사는 결국 참여하기로 했다. 금정연

서평가와 김중혁 소설가가 각자 네 곳의 서점을 방문해 운영자와 공개 대담을 나누는 자리로, 그날 녹취된 내용은 단행본으로 엮일 예정이었다. 곧 폐업할지도 모를 위기의 책방을 기록으로 남겨도 괜찮은 것일까. 발전적인 대화가 오가도 부족한데 아직 정리되지 않은 내면의 갈등만 까발리는 시간이 될 것 같아 걱정됐다. 그런데 일단멈춤의 한 시기를 공유하는 것 또한 어떤 면에선 의미 있는 작업이라는 생각이 들었다. 올해 겨울에도 책방이 여전히 그 자리에 머물러 있든 사라지든 말이다.

이윽고 대담을 치른 그날. 애초의 낙관은 온데간데없이 사라진 채 나는 땅을 치며 후회했다. 횡설수설하는 내 모습이 잘못 편집된 영상처럼 두서없이 떠올라 이불 속에서 내내 뒤척였다. 내 안의 천사와 악마의 대결을 관중 앞에서 생중계한 것과 다름없었다. 마침내 승패를 좌우하는 결정타 한 방이 날아왔다.

"책방에 손님이 오시면 귀찮기도 하고 그런가요?"

글 쓸 시간이 없어 괴롭다는 나의 하소연에 김중혁 작가가 되물었다.

"음..."

"가끔은요."

애써 감춰왔던 속마음이 구멍 난 바지의 동전처럼 우수수 바닥에 떨어졌다. 내 대답에 가장 놀란 사람은 다름 아닌 나였다. 어디로든 숨고 싶었다.

철없는 욕심이었을까. 책방을 운영하며 전업 작가의 길을 닦고 싶었다. 가족과 J에게 기대지 않을 만큼의 경제력을 갖추고 싶었다. 이왕이면 이 모든 바람의 해답을 일단멈춤 안에서 모색해보고 싶었다. 결국은 무엇 하나 제대로 즐기지 못한 채 여기저기 책임을 전가하는 지경에 이르고 말았다. 책방을 기꺼이 찾아준 손님에게는 아무런 잘못이 없었다. 더 나은 삶을 살겠다는 다짐은 기어코 나를 코너에 몰아세웠다. 단 한 번도 쉽게 길을 터준 적이 없다.

우리는 뭐 하려고

지하철 이대역을 중심으로 무려 네 곳의 서점이 생겼다. 책방을 열고 계절이 겨우 한 바퀴 돈 사이의 일이다. 음악 전문인 초원서점, 술과 책을 취급하는 퇴근길 책한잔, 유희경 시인이 운영하는 위트 앤 시니컬, 추리소설만 다루는 미스터리 유니온. 그리고 여행책방 일단멈춤. 어쩜 약속이라도 한 듯 저마다 성격이 또렷하다. 요즘엔 서울뿐만 아니라 전국 곳곳에서 독립서점의 오픈 소식이 하루가 멀다 하고 들려온다. 그러는 사이 비슷한 질문을 자주 받았다.

"저, 책방을 하고 싶은데요."

나 말고도 책방 운영자라면 한 번쯤은 저 질문을 들어보았을 거다. 다른 운영자들은 어떤 조언을 건네는지 잘 모르지만 나는 책방의 사정을 가감 없이 말하는 편이다. 더도 덜도 없이 지금의 상황에 대해서. 월 매출과 온갖 잡무, 회사원 못지않은 야근, 하염없이 손님을 기다리는 시간 등. 하지

말라는 소리만 안 했을 뿐 가만 들어보면 부정적인 이야기가
대부분이다. 기쁨의 순간도 물론 많았다. 다만 쉽게 잊힐
뿐이다. 일단멈춤을 운영하는 동안 나는 내 곁을 스치는
사소한 행복과 즐거움을 오래 붙들고 있지 못했다. 아마도
그것이 내가 길을 걷다 별안간 울음을 터트리곤 했던 이유일
것이다.

독립출판물 가운데 『꿈사냥을 떠나자』라는 책이 있다. '1남
3녀 헌팅패밀리의 미국유럽 횡단모험'이란 부제처럼 부모와
두 딸이 함께 여행을 떠난 이야기다. 당장 돈도 시간도 없고
대출금을 갚느라 등이 굽지만 부부는 세계 여행의 꿈을 놓지
않는다. 그런 부모를 향해 사춘기 큰딸이 시큰둥하게 묻는다.
"해외여행 가서 뭐 하게요?"

아, 우리는 뭐 하려고 꿈꾸는 걸까. 너에게 보여주고 싶어.
아파트 주차장만 왔다 갔다 하던 네 자전거를 요세미티 숲
속에서 달리게 해주고 싶어.

나는 이 문장을 읽을 때마다 목구멍이 따끔거린다. 저자가
보는 앞에서도 쏟아지는 눈물을 참느라 애를 먹었다.

사람들이 묻는다. 회사는 관두고 뭐 하려고. 책방은 열어서 뭐
하려고. 그때마다 나는 이렇게 답하고 싶다. 아파트 주차장만
왔다 갔다 하던 내 자전거를 요세미티 숲 속에서 달리게
해주고 싶어. 나는, 내게 보여주고 싶어. 아파트 주차장 밖의
세상을. 일단멈춤을 찾아와 책방을 시작하고 싶다고 말한
이들 또한 그런 마음이지 않았을까.

다만 요세미티 숲 속에 도착한 뒤 힘껏 달리는 데 집중하느라
파란 하늘을, 나뭇가지에 앉은 새를, 나란히 달리는 친구를,
다정한 식사를, 일요일 오후를 부디 놓치지 않았으면 좋겠다.
나는 그 사실을 너무 뒤늦게 깨달았다.

모든 것을 걸지 않았다

무심히 흘려보냈던 순간의 감정들을 빈 종이에 적어보았다.
책방의 무엇이 나를 즐겁게 했고 또 괴롭혔는지 사소한 것
하나 놓치지 않으려 애썼다. 페이지를 채우는 건 생각보다
어렵지 않았다. 불과 몇 시간 만에 종이 앞뒤가 새카매졌다.
새 종이를 꺼내 반복했다. 어쩐지 쓰면 쓸수록 개운하기보다
구차한 기분이 들었다. 나는 나의 성실과 노력을 증언해줄
유일한 목격자이자 대변인이 되어 남들 보기에 번듯한 폐업
사유를 나열하고 있었다. 능력 있는 책방 운영자로 성장하지
못한 자신을 방어하는 데 급급했다. 내 안의 인정 욕구와
자존심이 서로를 밀치며 투닥거렸다.
나는 실패한 것일까. 이 일에 모든 것을 걸지 않겠다는 처음의
다짐이 허무맹랑하게 느껴졌다. 책방을 시작할 수 있었던 건
'망해도 괜찮다'라는 마음가짐 덕분이었다. 혹여 망하더라도
인생에 아무런 지장이 없을 정도로만 일을 벌였다. 물론

모아둔 돈을 죄다 탕진하긴 했지만 충분히 회복할 수 있는 액수였다. 나는 책방을 죽기 살기로 하고 싶지 않았다. 곱씹을수록 이보다 더 위협적인 다짐도 없다. 설령 그것이 열심히, 최선을 다하겠다는 의지의 표현일지언정 그 말에 서려 있는 과도한 결기가 겁났다. 그 단호한 의지가 언젠가 나와 내 주변을 덮쳐 삼킬 것만 같다.

특별한 소명을 품은 채 첫발을 뗐다면 일단멈춤은 여전히 존재하지 않았을 것이다. 더 많은 자금을 모으고, 더 풍부한 경력을 쌓은 이후로 계획을 미루고 또 미뤘을 테다. 당장의 욕구를 언젠가로 유예하는 대신 나는 오픈 직후 2년까지를 탐색 기간으로 정했다. 책방 운영과 글 작업의 병행 가능성을 실험하는 셈이다. 단기적인 목표 아래 움직이는 삶은 유연하고 다양한 가능성을 내포한다. 무엇이든 주저 없이 시도해볼 수 있나. 그런 뒤에노 내게서 비전과 재능이 보이지 않는다면 그땐 과감히 일단멈춤을 접기로 했다.

나만 생각하자. 중요한 결정을 내려야 할 때면 언제나 그 기준을 떠올렸다. 결정을 통해 얻는 위로와 이득만을

고려하는 것이 아니라 내가 맞닥뜨린 한계를 직시하려는
노력이기도 했다. 사과할 일이 있다면 고개를 숙이고,
고마웠던 일엔 미소를 보내는 과정을 거침으로써 나는
지난 시간을 성급히 봉합하지 않을 수 있었다. 일단멈춤을
실패의 경험으로 기억하지 않기 위해서라도 더더욱 나만을
생각하기로 했다.

나는 썩 근사한 책방 운영자가 아니었다. 그 이유 하나면
충분했다.
펜을 내려놓았다.

"좋아하는 일은 역시 취미로 남겨둬야겠지?"
나의 최종 결정에 연민 어린 눈빛이 쏟아졌다. 좋아하는
일로는 먹고살 수 없다, 아무리 좋아하던 취미도 정작 일이
되면 지긋지긋해진다더라, 세상 모두가 좋아하는 일만 하며
살 순 없다. 지금의 내 처지가 그들이 오랜 시간 품어온
의심에 확신을 심어준 듯했다. 나는 그 시선을 못마땅히
여기거나 일일이 반박하고 싶지 않았다. 좋아하는 일을

직업으로 삼은 사람이 그러지 못한 이들보다 특별히 더 행복할 거라 주장하고 싶은 마음 또한 없다. 밥벌이에 관한 문제 앞에서만큼은 늘 공평했다. 회사원일 때도 책방 운영자일 때도 글을 쓸 때도 나는 고루 기쁘고 불행했다. 언제나 그랬다.

다만 일단멈춤에서 머무는 동안 나는 더 많은 책이 읽고 싶어졌고, 더 좋은 글을 쓰고 싶은 의욕이 생겼다. 좋아하는 마음이 더 큰 좋아하는 마음을 낳았다. 훌륭한 책방 운영자는 아니었지만 예전보다 더욱 선명하게 책을 둘러싼 일을 사랑하게 됐다. 책방을 닫겠다는 결말은 끝이 아니라 새로운 시작과 닿아 있었다.

소리 없는 응원

쓰다 지우기를 반복한 끝에 첫 이메일을 발송했다.
안녕하세요, 책방 일단멈춤입니다 하고 운을 뗀 뒤 입고된
출판물을 빠른 시일 내에 돌려드리겠다 전했다. 차마
폐업이라는 과격한 단어는 쓸 수 없어 잠정적 휴식기를
갖겠다는 말로 책방의 앞날을 에둘러 표현했다. 열린 결말을
선호하는 독자인 나는 어쩐지 일단멈춤의 미래에 일말의
여지를 남겨두고 싶었다.

매일 빠짐없이 택배를 쌌다. 위탁받은 300여 종의 도서를
출판사와 독립출판물 제작자에게 돌려보내는 일이 하루의
중요 일과였다. 무엇을 시작하는 것보다 잘 마무리 짓는 게
훨씬 더 어렵다는 사실을 사무치게 실감하는 중이다. 책을
받기 위해 직접 찾아와 준 제작자들과 인사를 나눌 때는
민망함에 온몸이 배배 꼬였다. 먼지와 땀으로 범벅이 된

지친 얼굴이 책방의 마지막 인상이라니. 서로 어색한 안부를 주고받으며 인사는 짧게 끝났다.

어느 날에는 책방 운영자들이 염리동을 찾아왔다. 반가운 얼굴을 마주할 때마다 나는 어리광을 피우고 싶어졌다. 고맙고 미안했다. 일단멈춤의 폐업이 이들의 사기를 꺾는 것은 아닐까. 소규모 책방을 바라보는 시선에 부정적인 이미지만 하나 더 얹은 건 아닌지 염려됐다. 하지만 괜한 걱정 말라는 듯 모두 수고했다는 한마디 말로 내 결정을 존중해주었다.

해방촌에서 별책부록을 운영하는 승현 씨의 등장은 전혀 예상하지 못한 방문이었다. 그간 인사만 몇 차례 나눈 사이였는데 두 손 가득 시원한 음료수를 들고 온 모습에 깜짝 놀라고 말았다. 주소를 알 수 없어 미처 반송하지 못한 재고는 회기동에 있는 책방 오후다섯시에 당분간 보관하기로 했다. 집에까지 재고 박스를 쌓아두어야 하는 상황을 알게 된 다영 씨가 선뜻 자리를 내주었다. 늘 혼자라고 생각해왔지만 실은 각자 자신의 자리에서 서로에게 소리 없는 응원을 보내고 있었다.

오프투얼론의 수진 씨, 반반북스의 지연 씨와는 소금길을
함께 산책했다. 재개발이 본격화된 염리동 위쪽은
을씨년스러운 분위기를 풍겼다. 불과 몇 개월 사이에
벌어진 변화였다. 버려진 고물과 가구가 아무렇게나 뒹구는
빈집의 마당, 문마다 붉은색 스프레이로 갈겨 쓴 X 표시가
마음 한구석을 서늘하게 했다. 열려 있는 대문 사이로 어린
길고양이들이 이따금 오고 갔다.

마지막 영업일인 지난 토요일에는 박싱데이를 열었다. 책상,
스툴, 책장 등 가구와 집기를 포함해 손때 묻은 책들을 헐값에
내놓았다. 아이러니하게도 일단멈춤을 시작한 이래 가장
많은 손님이 이날 몰려들었다. 벽에 설치한 찬넬 선반의
합판과 나사 부품까지 몽땅 팔고 보니 책 판매보다 훨씬
수지맞는 장사였다. 자영업자로서 돈을 '신나게' 번 처음이자
마지막 날이었다.
폐기물 처리 스티커를 붙인 쓰레기와 폐품 신세가 된 중고책,
덩그러니 놓인 화분이 전부인 책방 안은 믿기 어려울 만큼
넓고 황량했다. 책으로 둘러싸여 있을 때는 느끼지 못한

적막함이 낯설었다.

그때 슬그머니 책방 앞으로 다가온 건넛집 아주머니가

인기척을 냈다. "여긴 뭐가 생기나?" 하고 묻던 예전 그날처럼

몸은 바깥에 둔 채 고개만 슬쩍 들이민 모습이다.

"으이구, 장사가 안돼서 나가는 모양이네?"

대체 무슨 말씀이신지.

"아녜요. 장사가 잘돼서 이제 다른 곳으로 옮기려고요. 그동안

감사했어요."

거짓말이었지만 이 순간만큼은 양심 따위 나 몰라라다.

평일 오후를 무료하게 보내는 법

공교롭게도 『뉴욕의 책방』을 쓴 최한샘 작가의 북토크로
마지막 행사를 장식했다. 의도한 적 없는 이 우연한 결말이 꼭
운명처럼 느껴졌다.

유튜브에서 브레이즌헤드 북스Brazenhead Books라는
뉴욕의 서점 인터뷰를 본 적 있다. 주소가 알려져 있지
않은 이 서점을 가기 위해선 먼저 주인 마이클의 이름을
전화번호부에서 찾아낸 뒤 방문 약속을 잡아야 한다. 서점을
찾아가는 여정부터가 책 속의 세계로 걸어 들어가는 모험과
닮았다. 이처럼 비밀스러운 방식으로 운영하게 된 데는
사연이 있다. 기존에 운영하던 서점의 임대료가 네 배나 오른
탓에 결국 모든 책을 자신이 살고 있는 아파트로 옮긴 것이다.
책을 사랑하는 뉴요커들의 은신처가 된 브레이즌헤드 북스는
끝이라 생각됐던 지점에서 다시 시작됐다.

만약 (인간은 똑같은 실수를 반복하므로) 먼 훗날 다시

책방을 열게 된다면 브레이즌헤드 북스처럼 은밀하되 편안한 공간을 만들고 싶다. 건물은 붉은 벽돌로 지은 작은 가정집이면 좋겠다. 커다란 창이 있어 바깥의 빛과 그림자가 고스란히 반영되는데, 음악은 틀지 않을 생각이다. 빗소리, 지나가는 채소 트럭 소리, 괘종시계 소리가 적당히 뒤섞인 분위기야말로 책을 읽다 까무룩 잠들기에 최적이다. 부엌에는 요리와 음식에 관련된 아름다운 레시피북과 일러스트를 비치해둘 것이다. 어느 날에는 둥근 테이블에서 손님들과 호젓한 티타임을 보내는데 손으로 쓴 초대장을 받은 이들만 올 수 있다. 초대장은 어느 책, 어느 페이지에 몰래 끼워두었다.

몸을 완전히 감싸 안는 포근한 소파가 놓인 거실은 메인 공간이다. 여행을 다니며 수집한 책과 잡화, 문구를 모아둔 코너가 한쪽 서가를 장식하고, 나머지 책장에는 여행, 수필, 소설, 그림, 우주과학 등 두서없이 선별한 주제의 책들이 꽂혀 있다. 분류 방식은 따로 없다. 만약 작은 방 하나가 있다면 여긴 사무실 겸 작업실로 쓰고 싶다. 대신 문짝은 없애고, 낮실과 씨실 사이로 안이 비치는 얇은 천을 걸려고 한다.

손님과 운영자인 나는 언제나 연결되어 있지만, 언제든 책의 품으로 숨을 수 있다.

운영 시간은 주말을 제외한 낮 1시에서 6시 사이.
이곳은 평일 오후를 무료하게 보내고 싶은 사람들을 위한 장소다.

조용한 끝

2016년 8월 31일 수요일.
여행책방 일단멈춤이 문을 닫았다.

안녕을 고하는 자리는 따로 준비하지 않았다. 평소처럼 오후
1시에 출근해 미처 다 치우지 못한 쓰레기를 버리고 청소를
했다. 화분 몇 개는 이웃 가게인 식물성에 맡겨두었다. 책방에
인격이 있었다면 이 무심한 끝이 속상했을지도 모른다.
얼떨떨한 얼굴로 J와 기념사진을 찍은 뒤 친구 신혜와 함께
김치 삼겹살 식당으로 회식을 하러 나섰다.
그날 밤 배가 몹시 아팠다.

혼자 서 있기

첫 독립은 스무 살이 되던 해 봄이었다. '인 서울'은
실패했지만 부모님의 그늘을 벗어난다는 사실만으로도 나는
뛸 듯이 기뻤다. 연고가 없는 대구로 진학하게 된 건 그곳에
국립대가 있기 때문이었다. 스무 살을 맞은 생일 저녁, 친구와
맥도날드에 앉아 밀크셰이크를 마시던 중 수화기 너머로
합격 소식을 전해 들었다.

기숙사는 아쉽게도 떨어졌다. 예상하지 못한 상황이라
당황스럽기는 나도 부모님도 마찬가지였다. 급한 대로 학교
바로 앞에 있는 고시원에 방을 구했다. 대구로 떠나는 새벽,
아빠의 차 트렁크에는 사질구레한 살림살이가 실려 있었나.
당장 입을 겨울옷과 작은 냄비, 1인분의 수저 세트, 칫솔,
솜이불과 베개 따위가. 새로 사도 될 법한 것들까지 꾸역꾸역
챙겨 넣었다. 오히려 잘한 일일지도 모른다. 새로운 도시,
새로운 공간, 새로운 친구들, 낯선 환경으로부터 나를 지켜줄

살가운 물건들이다. 조수석에 오르기 전 엄마와 마지막
포옹 같은 건 나누지 않았다. 서로를 안아주던 기억이 내겐
없었고 오히려 어색하게 느껴졌다. 서운한 마음이 들지는
않았다. 자신을 돌보는 것만으로도 벅찬, 그런 시기를 엄마가
통과하는 중일 거라고 짐작했을 뿐이다.
차 문을 닫아주며 엄마는 손을 흔들었다.
"가서 기죽지 말고."

10년이 지난 지금도 나는 종종 엄마의 말을 떠올린다. 그래,
기죽지 말고. 나는 그것을 '나답게 살라'는 의미로 받아들였다.
나다운 것이 무엇인지는 여전히 오리무중이다. 답을
찾기 위해 지금껏 내가 할 수 있는 일은 단 하나뿐이었다.
부딪쳐가며 오답을 찾아 걸러내는 것. 비효율적인 데다
무식하기까지 한 이 방법은 딴 길로 새길 좋아하는 내 성격과
그런대로 어울렸다. 방송국과 출판사, 잡지사, 1년간의 해외
봉사, 심지어는 책방 주인까지.
이곳저곳을 기웃거리는 동안 나는 수많은 얼굴을 만났다.
수줍음이 많은 나, 길을 잘 묻는 나, '괜찮아요'를 달고 사는

나, 혼자서도 밥을 잘 먹는 나, 실수를 숨기는 나. 익히 잘 알고 있던, 혹은 생경한 모습의 나를 마주하는 순간은 결코 달갑지 않았다. 여전히 곤혹스럽고 가끔은 고개를 돌리며 외면해버린다. 그럼에도 계속할 수밖에 없다. 그러다 보면 언젠가 나라는 사람의 어렴풋한 윤곽이나마 그릴 수 있게 되지 않을까.

말이 거창해졌다. 그저 기죽지 않고 살고 싶다는 이야기였는데. 이 한마디를 자신 있게 할 수 있기 위해 나는 오늘도 오답 앞을 서성거린다.

추천사
김다영(책방 오후다섯시)

일단멈춤의 이야기를 책으로 엮는다는 소식을 듣고
반가웠다. 같은 시기에 책방을 운영하던 동료이기 전에
팬심으로 하나둘 나올 책들을 기다리고 있었기에.
탈고를 마쳤다는 소식과 함께 조심스럽게 꺼낸 추천사
제안을 흔쾌히 받아들이고 이내 불안해졌다. 난 이제 책방
운영자도 아니고, 더 긴 시간 잘 꾸리고 있는 책방 운영자의
추천사를 받으면 좋지 않을까, 글재주 좋은 운영자가 많은데
내가 써서 누가 되지 않을까 하는 마음이 들었다. 그리고
휴대폰에 나의 불안함을 주저리 보냈다.

반년 정도의 시간을 두고 일단멈춤과 거의 비슷하게 책방
오후다섯시의 시간도 흘러갔다. 일단멈춤이 2014년 11월에
문을 열고 2016년 8월에 문을 닫았고, 책방 오후다섯시는
2015년 3월에 문을 열어 2016년 12월에 문을 닫았다. 그 2년

조금 안 되는 시간 동안 따로 연락을 하는 사이는 아니었지만
공식적인 책방 행사나 SNS를 통해 서로의 안부를 가끔
전하곤 했다. 길게 이야기를 나누지는 않아도 어렴풋이 내가
하는 고민을 비슷하게 하고 있겠다는 마음은 책방 운영자
사이에 동료애와 같았을 것이다.

인터뷰를 하거나 대화를 나눌 때 추천하고 싶은 책방으로
일단멈춤을 자주 꼽았다. 비즈니스 메일에 익숙한 나는
생각을 더한 글을 쓰는 것이 매번 곤혹스러웠고 책을 사고
싶도록 추천사를 잘 쓰는 책방 운영자가 가장 부러웠다.
일단멈춤 SNS 계정에 사진과 함께 올라오는 글을 보고
있노라면 나도 거기에 가고 싶고, 추천해준 책은 읽어보고
싶은 마음이 들었다. 더불어 여행책방이라는 주제가
정확하면서도 그에 맞게 큐레이션도 잘하는 책방이라니.
아마도 공간이 주는 여유로움과 책방 운영자가 주는
매력까지 많은 사람들이 일단멈춤을 사랑한 이유가 아닐까
싶은 생각이 든다.

멀리서 지켜만 보던 일단멈춤이 문을 닫는다는 소식에 내가
제작자로서 입고한 작은 사진집을 가지러 가면서 그녀와 긴

이야기를 나눌 수 있었다. 책방 운영에 대해 고민이 깊어지고
머리가 복잡해지던 시기에 책방 운영 선배인 그녀가
어려운 결정을 하는 것이 대단해 보였고 다른 말 필요 없이
무조건적인 응원을 보내고 싶었다. 그동안 수고했다고. 물론
내 하소연으로 대화가 길어지기는 했다.

먼저 보내준 글을 한숨에 다 읽고 에피소드마다 이제는
흐릿해진 기억이 떠올랐다. 책방을 준비하는 이야기에는
가슴이 설레고, 평온한 일상에 현실의 무게감이 더해갈 때는
읽으면서 덩달아 가슴이 조여왔다. 마치 내 일기장을 꺼내
읽는 듯 글의 시작부터 마지막까지 고개를 끄덕였다. 남 일
같지 않다는 말이 이럴 때 쓰이는구나 싶었다.
책방을 하면서 제작자, 출판사, 독자, 관심을 갖고 있는
사람들 등 다양한 시선들 때문에 공식적으로 싫은 소리,
힘든 이야기를 꺼내기 어려운 분위기가 있다. 보통 막연하게
생각하는 소소한 행복, 금전적인 어려움 들이 시간이
지나면서 뒤범벅되어 현실에서는 책방의 무게감에 눌려
즐거웠던 일들마저 지쳐가는 시간. 그 시간을 들여다보는

것은 힘들지만 이렇게 담담한 글로 남아 책방의 처음과 끝, 앞과 뒤를 들여다보고 싶은 사람들에게 남겨주어 감사하다. 그리고 일단멈춤을 추억하고 싶었던 이들에게는 큰 선물이 될 것 같다. 나에게도 그랬듯이.

내가 기억하는 일단멈춤은 이렇다. 처음 갔던 날 첫눈에
반해서 돌아오는 길에 여행책을 만들어야겠다고 다짐했던
곳. 입구에서 졸고 있는 고양이와 그 위로 쏟아지는 볕이
책방의 일부가 되어 딱 그만큼 따뜻하고 애틋했던 곳,
대흥역에서 책방으로, 책방에서 대흥역으로 걷는 동안
기술자방앗간의 간판을 신기해하고 동경 돈까스&우동 짜장
앞에 늘어선 택시를 구경했던 곳. 책방을 열기 전 '네가 뭘
하려는 건지 도저히 알 수 없다'는 표정의 부모님께 이런
공간을 열고 싶다며 사진으로 보여줬던 곳. 닫는다는 소식에
내 책방을 닫을 때만큼 속상했던 곳이자 이젠 없는데 아직
선연한 곳.

이 책은 나처럼 밖의 시선으로만 남았을 당신의 일단멈춤에
안의 시선을 더한다. 부동산 중개업자와 출판사 영업자의

질문에 움츠러들고, 책이 더 이상 '책'으로만 보이지 않는 순간을 지나 SNS상의 좋아요와 책방 방문객 수의 무관함을 두 눈으로 똑똑히 확인한 사람이 느낀 '스물셋의 나로 다시 돌아간 기분'을 공유한다. '용기라니 그럴 리가요'로 시작해 '그래, 기죽지 말고'로 끝나는 이 글은 정답을 제시하지 않는다. 수많은 오답을 통해 마주한 '나'에 또 하나의 얼굴을 더했다는 그녀의 고백은 당신과 나의 무수한 오답 역시 헛되지 않았다는 위로가 된다. 비효율적인 데다 매번 새로운 방식으로 힘들지만 그럼에도 계속할 수밖에 없는 오답의 힘을 증명한다.

오늘, 책방을 닫았습니다

넘어진 듯 보여도 천천히 걸어가는 중

1판 1쇄 발행 | 2018년 1월 20일
1판 3쇄 발행 | 2019년 6월 20일

지은이 송은정

펴낸이 송영만
편집 김미란, 윤혜정
마케팅 권슬기, 고희선
디자인자문 최웅림

펴낸곳 효형출판
출판등록 1994년 9월 16일 제406-2003-031호

주소 10881 경기도 파주시 회동길 125-11
전자우편 info@hyohyung.co.kr
홈페이지 www.hyohyung.co.kr
전화 031 955 7600 | 팩스 031 955 7610

ISBN 978-89-5872-158-1 03810
값 12,500원

이 도서의 국립중앙도서관 출판예정도서목록(CIP)은 서지정보유통지원시스템
홈페이지(http://seoji.nl.go.kr)와 국가자료공동목록시스템(http://www.nl.go.kr/kolisnet)에서
이용하실 수 있습니다.(CIP제어번호:CIP2018000310)